ANATOLY (ANRI)
SCHWARZ

FALSCHER
SPIEGEL

VINDOBONA
VERLAG SEIT 1946

Bibliografische Information
der Deutschen Nationalbibliothek:

Die Deutsche Nationalbibliothek
verzeichnet diese Publikation in
der Deutschen Nationalbibliografie.
Detaillierte bibliografische Daten
sind im Internet über
http://www.d-nb.de abrufbar.

www.vindobonaverlag.com

© 2023 Vindobona Verlag

ISBN 978-3-949263-80-4
Lektorat: Leon Haußmann
Umschlagfotos: Clearviewstock,
Rastan, Pavel Chagochkin,
Freestyleimages | Dreamstime.com
Umschlaggestaltung, Layout & Satz:
Vindobona Verlag

Gedruckt in der Europäischen Union
auf umweltfreundlichem, chlor- und
säurefrei gebleichtem Papier.

INHALTSVERZEICHNIS

SCHAMANEN

À la guerre comme à la guerre
Im Krieg wie im Krieg

Das Eis begann zu schmelzen und die Robben zogen nach Norden. während die Menschen ihnen folgten.

Doch auf der schmalen Landenge eines Kaps, das sich über eine weite Meeresbucht erstreckte, kam es zu einem Zusammenstoß zweier Stämme. Wie hungrige Hunde standen sie sich gegenüber, bereit, den Gegner für ein Stück Fleisch zu zerreißen. Sie standen wie eine Mauer und warteten ungeduldig auf das Signal, um in die Schlacht zu stürmen, als plötzlich ein Ältester des Rau-Stammes trat und mit der Hand winkte, um Aufmerksamkeit zu erlangen.

„Hört mich an!" rief er laut, um gegen die Windgeräusche anzukommen. „Wir können uns gegenseitig vernichten, aber es wird wenig nützen und unsere Götter werden uns den Rücken kehren. Lasst uns ihren Willen befolgen". Mit einem Blick auf den fernen Himmel, der von Wolken gekräuselt wurde, schlug er vor: „Lasst die Schamanen beider Stämme mit ihrer Kunst ihre Fähigkeit beweisen, von den Göttern gehört zu werden und auf diese Weise den Streit entscheiden, wer von uns nachgeben soll."

Die beiden Seiten stimmten zu und ein brüchiger Frieden wurde geschlossen.

Die Schamanen bereiteten sich auf ihre Prüfung vor, bei der sie mit Hilfe der Götter einen kranken Menschen aus dem feindlichen Lager heilen und wenn es beiden gelingt, dann einen neuen Stern am Nachthimmel entzünden mussten. Bei den Rau wurde ein alter Mann ausgewählt, der an den Strapazen seines Alters zu sterben drohte. Er lag bewegungslos im Filzzelt und nur der rasselnde Atem zeigte an, dass er noch am Leben war.

Bei den Dau lag im Sterben ein junger Jäger, nachdem er im Kampf mit einem Eisbären viel Blut verloren hatte. Der baldige Tod war für beide unentrinnbar.

Das Tamburin erklang. Der Schamane vom Rau-Stamm begann sein Heilritual.

**

An der Ortungsstation Venus 2 wurde ein Alarmsignal gegeben. In der Region des Planeten Erde wurde ein feindliches Raumschiff aus dem Sternbild Wassermann auf Radargeräten entdeckt. Seit mehreren Jahrhunderten dauert die Konfrontation zwischen den beiden Zivilisationen an, und es schien, als sei kein Ende in Sicht.

Den Auftrag, den über dem blauen Planeten schwebenden Alien zu zerstören, erhielt das Team von Starpilot Olcher. Es galt, unbemerkt von feindlichen Radaren in die Umlaufbahn zu gehen, den neuesten Schutz gegen Wellenstrahlung einzuschalten und dann den ungebetenen Gast im Anflug zu zerstören. Olhers Raumschiff startete dringend zu einer Mission.

**

Der Schamane vom Rau-Stamm erstarrte und starrte angestrengt in den Sternenhimmel. Dann begann er langsam mit seinem Tanz und brachte das große Tamburin laut zum Sprechen. Er bat um etwas, überredete jemanden und trat in einen Zustand ein, der allen Anwesenden unangenehm war. Immer wütender kreiste er um das Feuer, seine Schreie wurden immer durchdringender und sein Gesicht immer schrecklicher vor unmenschlicher Anspannung. Plötzlich fiel er auf die Knie, warf die Hände hoch und rief: „Götter, euer Wille geschehe!"

Ein junger Jäger trat ohne fremde Hilfe aus dem Zelt des Dau-Stammes. Auf seinem Gesicht lag ein verlegenes Lächeln. Allen wurde klar, dass der Tod von ihm gewichen war. Ein Jubelschrei ging durch die Reihen des Rau-Stammes. Die Götter hatten sie gehört!

***

Sie näherten sich dem feindlichen Raumschiff innerhalb der Reichweite der Kosmos-Kosmos-Rakete. Olcher legte seine breite, immer heiße Hand auf die Schulter des Scharfschützen Son und sagte: „Bitte nicht verfehlen, wir schießen nicht auf Spatzen. Wenn du danebentriffst, werden wir nicht gut abschneiden", er meinte eine sofortige Reaktion des Feindes.

„Ich werde es versuchen", antwortete Son lakonisch und starrte das Ziel auf seinem Radarschirm an. Nachdem er die Reichweite des Objekts und seine verwundbarste Stelle bestimmt hatte, begann er, die Richtung der Rakete zu korrigieren, die sich auf den Start vorbereitete.

***

Dann war der Schamane des Dau-Stammes an der Reihe. Seine Handlungen unterschieden sich kaum von denen seines Vorgängers. Ebenso selbstlos schlug er auf das Tamburin, tanzte komplizierte Schritte, er bat auch die Götter um ihre Hilfe. Wie sein Vorgänger erhob er seine Hände zum Himmel: „Dein Wille geschehe!"

„Schamanen haben dieselbe Schule", sagte eine Stimme in der Menge. Der alte Mann, der ohne fremde Hilfe aus dem Zelt des Rau-Stammes kam, ließ keinen Zweifel: Der Tod wich zurück und befreite die Beute aus seinen zähen Pfoten. Wie ein

Wirbelsturm fegte ein Freudenschrei durch die Reihen des Dau-Stammes. Die Götter haben sie gehört!

***

„Wir müssen unseren Kurs etwas korrigieren", sagte Son dem Gruppenleiter. – Die Rakete, die auf den Boden des Treibstofftanks gerichtet ist, befindet sich nicht auf der Einschlagsflugbahn".

„Welche Anpassung ist erforderlich?", fragte Olcher.

„Dreihundert Meter näher", antwortete der Scharfschütze, „und 40 Grad nach rechts".

„Versuchen wir es", sagte Olcher nach einigem Nachdenken und runzelte die Stirn.

„Wenn wir so nah an den Gegner kommen, können wir selbst ein Ziel für ihn werden, da er eine ziemlich gute Überwachungstechnologie hat.

Olcher befahl dem Navigator, sich dem Objekt auf 300 Meter zu nähern und 40 Grad nach rechts zu steuern. Mit Vorsicht und Präzision näherte sich das Raumschiff der angegebenen Position. Sons Zeigefinger schwebte über dem Startknopf, während er den richtigen Moment abpasste, um die Rakete abzufeuern.

„Bereit!", sagte Son und wandte sich in Erwartung an Olcher.

„Los!", sagte er und schluckte den Speichel.

***

Der Schamane des Rau-Stammes schrie aus Leibeskräften und warf seine Faust in Richtung des Sterns, der gegen alle Gesetze der Physik hätte leuchten müssen. Und er leuchtete auf.

„Hurra! Die Robben gehören uns!" rief das Volk des Rau-Stammes triumphierend. So würde es in der langen Polarnacht keinen Hunger geben, es gäbe genug Felle und Fett für alle. Ein Schneesturm, der bis auf die Knochen durchdringt, wird sich vor der lebensspendenden Wärme der Feuerstelle in schmalen Jurten zurückziehen. Frauen gebären wieder Kinder, sie werden stark und unbesiegbar aufwachsen, wie alle Jäger des Rau-Stammes.

***

„Es gibt einen Treffer!", rief Olcher freudig. „Gut gemacht!", und er tätschelte seinem Wunder-Scharfschützen dankbar den Hinterkopf.

Son blickte wie gebannt auf den Computerbildschirm, in dessen stillem Raum der Kosmos wie in Zeitlupe sich transformierte und umgestaltete, erbebend vor der Explosion. Kleine Fragmente des fremden Raumschiffs, wie Myriaden kleiner Glühwürmchen, verstreuten sich in verschiedene Richtungen.

„Im Krieg, wie im Krieg", sagte Olcher und versuchte, Son aufzumuntern, der unerklärlicherweise mit einer Maske der Überraschung auf seinem Gesicht erstarrt war. „Ich verstehe, dass es nicht besonders angenehm ist, wenn man das Leben anderer Menschen auf dem Gewissen hat. Aber", und er wiederholte es noch einmal, „Im Krieg wie im Krieg".

Olcher wandte sich an den Steuermann und gab den Befehl, auf Rückflugkurs zu gehen. Es ist Zeit, zur Basisstation, nach Hause zurück zu kehren. Der Kommandant bedankte sich bei allen Besatzungsmitgliedern für die erfolgreiche Ausführung der Mission.

„Komm, lass uns rauchen!", schlug er Son vor, um die unnötige Anspannung abzubauen, die den Scharfschützen erfasste. Sie gingen in das Raucherzimmer.

„Und wer lebt auf dem Planeten Erde?" fragte Son den Kommandanten unerwartet und atmete den beißenden Rauch tief ein.

„Niemand".

„Seltsam", sagte Son. „Atmosphäre, Wasser, Vegetation, alles ist vorhanden, aber kein biologisches Leben."

„Biologisches Leben ist verfügbar", grinste Olcher. „Nur ist es noch auf einem so niedrigen Entwicklungsstand, dass es gleich Null ist. Der Planet ist von Wilden bewohnt und ihre Gesetze sind wild: Auge um Auge! Zahn um Zahn! Zur Zivilisation müssen sie noch laufen und laufen. Wir werden es in unserem Leben nicht sehen."

„Seltsam", sagte Son nachdenklich.

„Was ist hier seltsam?"

„Seltsam", murmelte Son und sah den Kommandanten an. „Ich habe keine Zeit gehabt, den Startknopf zu drücken."

„Du meinst …", wunderte sich Olher, sprach aber nicht weiter. Der Rumpf des Raumschiffs erbebte unter ihren Füßen, und es gab eine gewaltige Explosion. Im Flammenmeer zerstreuten sich die Metallfragmente des Schiffes wie Myriaden von Glühwürmchen in verschiedene Richtungen, die erleuchteten die bodenlose Dunkelheit des Sternenhimmels.

***

Jetzt war der Jubel im Lager des Dau-Stammes an der Reihe. an der Reihe. Die Götter haben sie gehört und der von ihrem Schamanen entzündete Stern war der Beweis dafür. Robben sollten ihnen und nur ihnen gehören, ebenso wie die Frauen ihres Stammes, die ihre starken und kräftigen Babys, die tapferen Jäger von morgen, stillen.

Beide Stämme sträubten sich wieder mit Speeren gegeneinander. Aber die Anführer beider Stämme intervenierten zwischen ihnen, und nach einiger Überlegung ergriff einer von ihnen das Wort.

„Wir haben uns gegenseitig bewiesen, dass niemand von uns vor Angst bebt. Wir klammern uns nicht an das Leben wie an ein Stück der zerbrochenen Eisscholle. Die Götter hören uns und wir sind wieder einmal davon überzeugt." Der Anführer schlug mit seinem Speer auf den Boden. „Wir werden uns nicht mehr gegenseitig umbringen, wir werden alle gemeinsam den

Robben nachjagen. Es gibt genug davon für alle." Als er in die jubelnden Gesichter seiner Feinde von gestern blickte, fügte er stolz hinzu: „Wir sind Menschen, keine Wilden, und die Menschen sollten in der Lage sein, sich zu verständigen und einander zuzuhören."

INSTINKT

Tatsächlich erfahre ich eine differenzierte Behandlung durch die Menschen in meiner Umgebung. Während ich meinen Freunden, Kumpels und Arbeitskollegen als anständiger und durchaus sympathischer Zeitgenosse gelte, werde ich wohl bei meinen Nachbarn als Quelle der Unruhe repräsentiert. Meine Mitmenschen scheinen meine Persönlichkeit auf unterschiedliche Weise zu ergründen.

Vor allem meinen Nachbarn bereite ich dabei offensichtlich einiges an Kopfzerbrechen. Ich verstehe ihr Unbehagen nur allzu gut. Schließlich teile ich meine Wohnung nicht nur mit den üblichen Problemen des Alltags, sondern auch mit Schlangen, Vogelspinnen, Raupen und wie zu erwarten mit auch ganz gewöhnlichen roten Schaben, umgangssprachlich auch als „Kakerlake" bekannt. Ihr Vorhandensein in meiner Küche bereitet mir keinerlei Unbehagen. Als Biologe betrachte ich diese Lebewesen nicht nur aus einem professionellen Standpunkt heraus, sondern empfinde auch ein tiefes Vergnügen daran, sie zu pflegen und zu beobachten. Für mich sind sie eine Manifestation meiner Leidenschaft für die Natur und eine Quelle der Freude.

Ich finde es faszinierend, wie Eidechsen sich unerwünschter Schwänze entledigen können. Wenn das Leben mich an eine Wand drängt und mir zeigt, dass nicht alles so glatt läuft, wie ich es gerne hätte, wäre es großartig, wenn ich diese Fähigkeit hätte. Ich bin beeindruckt von der Klugheit, Weisheit und Gelassenheit, die Schlangen ausstrahlen. Ihre Anwesenheit allein lässt mich ruhiger werden und schenkt mir Trost. Eine solche Weisheit wie die von Schlangen und Eidechsen könnte mir in manchen Situationen sicherlich helfen. Leider verbindet mich jedoch nur eine Brille mit diesen faszinierenden Lebewesen.

Ja, ich trage eine Brille. Mit zweiunddreißig Jahren habe ich gelernt, dass dies ein Teil meines Wesens ist, genauso wie meine Leidenschaft für Tiere. Meine Nachbarn haben jedoch Angst, dass meine Lebewesen eines Tages ausbrechen und das ganze Haus erobern werden. Ich verbringe meine Zeit lieber mit dem Lesen von Büchern als mit dem Surfen im Internet. Für mich ist jede Spinne, die ich kaufe, wertvoller als eine beeindruckende Website im World Wide Web. Ja, in vielerlei Hinsicht bin ich anders als die meisten Menschen, aber was soll man machen? Ich akzeptiere mich so wie ich bin und lasse mich davon nicht aus der Ruhe bringen.

„Willst du etwas zu essen?", fragt mich Sonja, meine jüngere Schwester, mit der ich zusammenlebe. Obwohl sie erst vierzehn Jahre alt ist, hat sie bereits die Kontrolle über unser gemeinsames Leben übernommen, seit wir alleine sind. Ich habe ihr diese Verantwortung freiwillig übertragen, und jetzt ist es meine heilige Pflicht, ihr zuzuhören und sie zu unterstützen, unterstützt von ihrem stählernen Charakter, der über ihre Jahre hinausreicht.

Ich bin ein gewöhnlicher Schwächling, wie der Grießbrei, der wegen Milchmangels in Wasser gekocht werden musste, den ich seit meiner Kindheit nicht leiden kann und hoffentlich nie wieder essen werde. Aber darüber bin ich nicht besonders traurig.

„Etwas Süßes", antworte ich.

„Süß?!", empört sich Sonja. „Und was Bedeutendes?"

„Süß", sage ich bockig.

„Du ruinierst dir den Magen", empört sie sich und wiederholt ihre sakramentale Frage, die ich jeden Tag höre. „Wann heiratest du, mein Pechvogel?" In der Tat hege ich keine Angst vor Frauen und meide sie keineswegs. Im Gegenteil, ich pflege Freundschaften mit ihnen. Doch aus irgendeinem Grund scheue ich die Ehe. Es fällt schwer sich vorzustellen, dass eine Heldin bereit wäre, sich mit dem Anführer der Kakerlaken in einem Unterschlupf zu teilen.

Aus der Küche dringt die Stimme meiner Schwester zu mir. Sie beginnt zu kochen und das Geschirr klappert im Takt des emsigen Küchenspiels, von dem sie sich kaum trennt. „Verlass dich heute Nacht übrigens nicht auf mich", teilt sie mir fröhlich mit. „Wowka wird zu mir kommen und wir haben vor, in die Disco zu gehen."

Wowka ist sechzehn und, wie sie nun verkündet, ihr Freund. Was daraus wird, ist ungewiss, doch das Zeitalter von Romeo und Julia fordert seinen Tribut.

„Begrüße Wowka „," entgegne ich.

„Abends", erwidert sie. „Ich werde es ihm ausrichten."

„Vergiss es nicht", mahne ich sie. „Selbstverständlich", erwiderte Sonya mit einem Schnurren, und erinnerte mich erneut: „Vergiss nicht, dass du in einer Stunde zur Arbeit musst."

„Ich erinnere mich", erwiderte ich, doch insgeheim dachte ich: „Ich habe heute das Gefühl, dass ich keine Lust auf Arbeit habe." Eigentlich bin ich Professor am College und unterrichte dieselben wilden Schüler wie meine Schwester. Doch heute fühle ich mich nicht gewappnet für die Herausforderungen des Tages. Eine fantastische Ausstellung lateinamerikanischer Flora und Fauna hat in unserer Stadt Einzug gehalten, und es ist fast eine Sünde, sie zu verpassen.

„Zuerst kommen immer Flugzeuge", beginne ich, mein Lieblingslied lautstark zu singen.

„Und dann die Mädchen, und dann die Mädchen", singt Sonja enthusiastisch mit, während sie mit einem dampfenden Rührei aus der Küche kommt.

Eine Stunde später, nachdem ich dem Chef mit einer echten Fabel über meine extreme Umstände die Ohren verdreht und eine erzwungene Zustimmung abgerungen habe, mache ich mich fröhlich auf den Weg zur lateinamerikanischen Ausstellung.

„Grüß dich, Zheka!" Oleg rief meinen Namen, mein Busenfreund aus der Schulzeit. Wir begrüßten uns herzlich und ich zuckte unwillkürlich vor Schmerz zusammen, als Oleg versehentlich zu fest auf den massiven Ring drückte, den ich vor langer Zeit dummerweise an meinen Ringfinger gesteckt und seither erfolglos versuchte, ihn zu entfernen. Doch er scheint förmlich in meinen Finger hineingewachsen zu sein und ist keiner Überzeugungskraft zugänglich. Oleg klopfte mir wie ein Vater auf die Schulter, was durchaus erlaubt ist, denn er ist ein erfolgreicher Zeitungsmann. Ja, bei ihm läuft zumindest beruflich alles wie am Schnürchen. Mit einem Wort, er ist ein Günstling des Schicksals und ein Liebling der Frauen.

„Bist du noch allein?", fragte er. „Wann wirst du deine Junggesellenschande beenden?"

„Und was ist mit dir?", gib ich scherzhaft zurück. Ich versuche, besser auszusehen, als ich wirklich bin. Es ist einfach keine Zeit für Dummheit.

„Schade." Oleg lachte. „Moment mal, ich glaube, ich habe dich neulich mit einer atemberaubenden Schönheit gesehen. Alter Mann, mein Rat ist, zögere nicht, pack den Stier bei den Hörnern."

Mein Freund meint Rita, das Mädchen, mit dem ich freundschaftliche Beziehungen pflege. Um die Wahrheit zu sagen, ich hätte nichts dagegen, seinen Rat anzunehmen, aber ich verstehe sehr gut, dass ich kein Paar für Rita bin. Mag sein, dass sie über gewisse Dinge großzügig hinwegsieht, aber auf mehr kann ich mich nicht verlassen. Sie ist von einem anderen Schlag. Schön, intelligent, reich – während ich nur ein dahinplätschernder Mensch mit einer Vorliebe für Zoologie bin. Deshalb treffen wir uns nicht allzu oft, sondern nur von Zeit zu Zeit.

„Mein Freund," flüsterte Oleg mir verschwörerisch zu, „ich komme gerade aus Afrika zurück und habe etwas Lustiges mitgebracht." Wie ein Magier holte er eine kleine Plastiktüte aus seiner Jackentasche.

„Es ist ein unverzichtbares Werkzeug", versicherte er mir. „Gieße ein bisschen davon in ein Glas Wein – und dann ist alles wie im Märchen. Du musst das Mädchen nicht einmal überreden. Lass dich nicht treiben, Zheka." Oleg schob sein Präsent in meine Hemdtasche und verabschiedete sich mit einem kräftigen Händedruck. „Nur nicht vertauschen: in ihrem Glas, nicht in deinem", scherzte er zum Abschied. Ich versuchte, das überflüssige Geschenk abzulehnen, doch es ist bereits zu spät und Oleg ist bereits davongeeilt. „Nun, wie albern“, denke ich verwirrt.

***

Ich treffe mich mit Rita wie gewohnt unerwartet an. Sie steht neben einer Vitrine, in der lateinamerikanische Spinnen – aus irgendeinem Grund Geigerinnen genannt – eifrig auf ihren eng geflochtenen Hängematten schaukeln. „Hier habe ich jemanden, den ich nicht erwartet habe“, rufe ich aus, anstatt sie zu begrüßen. Rita wendet mühsam ihren Blick von den Spinnen ab und lächelt mich abwesend an. Zusammen setzen wir unsere Erkundung der exotischen Flora und Fauna fort, bevor wir die Ausstellung verlassen und auf die Straße gehen. Auf dem Weg bombardiere ich meine Freundin mit einer Vielzahl von zoologischen Offenbarungen, die ich gelegentlich ins Lateinische übersetze. Rita hört aufmerksam zu und zeigt ehrliches Interesse. Das inspiriert mich und ich beschließe, sie zu einem gemeinsamen Abendessen in der Nähe einzuladen.

Aber alle Tische in den Restaurants sind besetzt, und ich weiß nicht mehr, wer es vorgeschlagen hat, aber wahrscheinlich auf eigene Faust gehen wir einkaufen und haben bald allerlei Lebensmittel bei mir zu Hause. Jetzt ist der Tisch hastig gedeckt, etwas wird getrunken und wir unterhalten uns über alles Mögliche und tanzen sogar. Wie wundervoll ist Rita. Hände, Füße, zarte Haut, glänzendes schwarzes Haar, riesige Augen, umrahmt von flauschigen Wimpern. Alles ist wahrlich von höchster Qualität. „Nein, nein“, antwortet sie entschieden auf meinen einladenden Blick. „Komm nicht auf solche Ideen. Denk nicht einmal daran.“ Oh, wie widerlich es sich anfühlt, wenn das Objekt der Leidenschaft deine besten Gefühle im Keim erstickt. Rita befreit sich entschlossen aus meiner beharrlichen Umarmung und nähert sich dem Glasterrarium, in dem meine kostbare Atir lebt. Rita klopft mit ihren zarten, musikalischen Fingern auf das Glas und versucht, die Aufmerksamkeit der Spinne zu erregen, die sich im Spalt versteckt. „Sie schläft wahrscheinlich", erkläre ich Rita und versuche sie wieder zu mir zu ziehen. „Es tut mir leid", sagt Rita leise und stößt mich mit kalter Entschlossenheit weg. Der sanduhrförmige Rubinanhänger auf ihrer Brust fängt einen Strahl der untergehenden Sonne ein und leuchtet wie ein Warnsignal auf. Beleidigt gehe ich zum Tisch und streiche Marmelade auf mein Brötchen, um die Bitterkeit der Ablehnung zu mildern. Rita starrt immer noch wie gebannt auf das Terrarium. Plötzlich erinnere ich mich an Olegs Geschenk. Wie aus dem Nichts ziehe ich eine Plastiktüte aus meiner Hemdtasche und gieße ihren Inhalt in ein Glas Wein – in Ritas oder meines, ich kann es nicht mehr unterscheiden. Hauptsache, das Pulver löst sich vollständig und ohne Rückstände in der Flüssigkeit auf, wie Salz im Meerwasser. Meine Güte, ich biete Rita ein Glas an und wir stoßen auf die Gesundheit von Amöben und Tintenfischen an. Wir tanzen erneut und ich spüre mit Entsetzen, dass ich mich nicht mehr zurückhalten kann. Ich umarme Rita und küsse sie zärtlich, halte sie fest, als ob sie das kostbarste Spielzeug wäre, das ich je besessen habe. Ich flüstere ihr Unsinn ins Ohr, ohne zu wissen, was ich sage.

***

Die Erfüllung meiner Träume ist endlich wahr geworden. Ich liege mit geschlossenen Augen im Bett und lasse mich auf den Wellen der Glückseligkeit treiben, als ich plötzlich Ritas frustrierte Stimme vernehme.

„Warum hast du das getan? Ich habe dich gebeten, es zu unterlassen", fragt sie mit Unmut in der Stimme.

„Selbst unter Spinnen gibt es keine platonische Liebe", erwidere ich selbstgefällig.

„In deinem Alter solltest du wissen, dass Liebe ohne Instinkt nicht existiert", belehrt sie mich.

19

„Instinkt", murmelt sie mit einer fremden Stimme. „Verdammt, dieser Instinkt!" Mit diesen Worten stürzt Rita wütend und voller Kampfeslust erneut in meine Arme.

Plötzlich spürte ich statt ihres seidigen Haares ein widerliches, klebriges Netz unter meinen Händen und kalte Tentakel, die begannen, meinen Körper zu quetschen. Im Versuch, aus diesem Albtraum zu entkommen, erschreckte mich plötzlich eine blitzschnelle Vermutung, die mir in den Kopf schoss, als ich ohne ersichtlichen Grund Ritas Namen rückwärts las. Konnte das wirklich wahr sein? Ich schloss entsetzt die Augen. „Atir! Oh mein Gott!"..."

Mit einem Dreh des Schlüssels öffnet sich die Haustür und Sonja betritt zusammen mit ihrem Freund die Wohnung. „Wir haben nur noch fünfzehn Minuten – nur für den Fall", erinnert Wowka Sonja, die sich im Schlafzimmer versteckt hält. „Wo ist dein Bruder?", fragt er beiläufig. Meine Schwester ruft mich an, aber niemand antwortet. „Er ist wahrscheinlich schon zu seinen zoologischen Läden", sagt sie und zieht sich schnell um. „Wir werden uns verspäten", drängt Wowka, und er nähert sich erwartungsvoll, ohne etwas zu tun, dem Terrarium, in dem eine wohlgenährte Spinne faulenzt und mit ihrem glänzenden schwarzen Rücken auffällt. Deutlich zu sehen ist ein kleiner, scharlachroter Fleck in Form einer Sanduhr an ihrer Seite. „Wow, was für eine Fette", bewundert Wowka und zeigt auf die Spinne, als Sonja in einem neuen Outfit auf ihn zukommt. „Sie ist wahrscheinlich schwanger", schlägt er vor.

„Vielleicht hat sie sich nicht überfressen", entgegnet meine Schwester und schüttelt den Kopf. „Zheka hat sie vermutlich mit Fliegen vollgestopft. Übrigens", fügt sie mit einem Lächeln hinzu, „die Schwarze Witwe frisst ihren Partner in der Hochzeitsnacht." „Woher weißt du das?", fragt Wowka ungläubig und seine Augen scheinen fast aus den Höhlen zu springen. „Stell dir vor", lacht Sonja. „Das ist Allgemeinwissen." Sie klopft mit dem Finger auf das Glas und ruft „Atir, Atir!" Dann nimmt sie einen dünnen Zweig, der neben dem Terrarium liegt, und versucht, die Spinne zu bewegen. Diese bewegt sich unzufrieden und droht mit ihren behaarten Beinen. „Wow", ruft Sonja aus, „Zhekas Ring fiel ins Terrarium und die Spinne hat sich darauf niedergelassen wie auf einem goldenen Thron." „Das ist nicht schlecht", gibt Wowka zu und bewundert die Erfindungsgabe der Spinne. „Aber sag mal, ist das zufällig die berüchtigte ‚Schwarze Witwe'?" „Das wäre das Beste, was nicht der Fall ist! Sie ist gefährlich und giftig", antwortet Sonja. „Nun, Mädels, lasst uns loslegen!" Wowka sprüht vor Freude und Vorfreude. „Da Zheka nicht da ist, müssen wir uns vielleicht nicht beeilen, oder?" „Wie können wir uns nicht beeilen?", entgegnet Sonja und wirft einen Blick auf ihre Uhr. „Wir müssen uns beeilen! Auf geht's!" drängelt Sonja und lacht, während sie aus der Wohnung stürmt. Die Tür fällt mit einem dumpfen Klang hinter ihnen ins Schloss.

„Das ist es", sagte Judy, „am Anfang sind sie alle so: Blumen, Knicks, Sorge durchs Dach. Dann das Bett, die Wohnungsschlüssel, eine Stunde Meeting, stinkende Socken im Flur."

„Aber das hier war nicht so", schluchzte Nellie. „Gut, freundlich, süß."

„Und löchrige Socken im Flur", wiederholte Judy in einem Mentorton.

„So sei es, sei es", jammerte Nellie. „Ja, voller Löcher, ja, stinkend, aber wie süß."

Sie müssen einen Psychotherapeuten aufsuchen. Das fünfte in den letzten sechs Monaten – und alle sind süß!

„Psychotherapeuten haben ihre Psychos, wir haben unsere", widersprach Nellie. Lass sie ihre heilen.

„Und wie geht es dir bei der Arbeit?" Judy wechselte das Thema.

„Bei der Arbeit ist alles in Ordnung", freute sich Nellie. „So etwas Neues war verwirrt, Horrorfilme ruhen. Der Chef lernte, seine eigene Krawatte zu binden, die Buchhalterin wurde schwanger.

„Lass uns den Buchhalter allein lassen", befahl Judy. „Keine Krawatte hier. Ich frage, wie geht es dir?"

„Sie haben mir den Preis nicht gegeben", jammerte Nellie klagend. „Allen wurde zu Weihnachten gratuliert, und ich bekam ein Schisch unter die Nase."

„Großer Scheiß?"

„Tadel wegen systematischer Verspätung."

„Werden sie dich rausschmeißen?"

„Pip dich."

„Verstanden", seufzte Judy. „Gesundheit auch geknackt?"

„Mein Knie tut weh, ich leide unter Sodbrennen", stimmte Nellie zu und jammerte erneut. „Was für ein guter Junge er war!

Wie lange haben wir uns nicht gesehen?"

„Ich bin jetzt, jetzt", begann Nelly pingelig in ihrer Handtasche zu wühlen.

„Wonach suchst du?" Judys Stimme war voller Ärger.

„Wie was? Kalender."

„Wie viele Jahre haben wir uns nicht gesehen", wiederholte Judy ihre Frage.

„Wahrscheinlich vom Abitur? Ja, genau, von diesem Tag an", Nellie nickte.

„Und was am meisten überrascht", Judy kicherte, „Sie haben immer noch die gleichen Probleme."

„Wo ist es?" Nellie wedelte mit der Hand. „Vielleicht gleich, aber wie sie gewachsen sind!"

„Wir werden alt – sie wachsen."

„Aber was für ein Schatz", jammerte Nellie erneut.

Judy fischte einen kleinen rechteckigen Karton aus ihrer Brusttasche. „Hier, nimm meine Visitenkarte!"

Nellie drehte sie verwirrt in ihren Händen und wusste nicht, wo sie sie hinlegen sollte. Judy fuhr fort, zu senden:

„Ich bin jetzt im Geschäft und arrangiere Reisen, um die Gesundheit von Kunden zu verbessern. Wenn Sie wissen möchten, dass unsere Gesundheit nach den neuesten medizinischen Daten regelmäßig eine Erschütterung in Form einer guten Strahlendosis benötigt. Ich schicke dich auf einen Planeten, auf dem gerade ein echter Atomkrieg stattfindet!" Judy selbst war von ihrer Idee begeistert. „Sie werden Ihre Gesundheit ein wenig verbessern, Kopf hoch!"

„Wo bekommt man so einen jetzt her", sagte Nellie zweifelnd. „Jeder scheint schlauer geworden zu sein."

„Und die Erde? Hast du vergessen, dass es auch den Planeten Erde gibt?"

„Und was ist dieses Resort?"

„Vier Mahlzeiten am Tag, ‚all inclusive' plus Bestrahlung. Übrigens gibt es Kämpfe in vollen Zügen."

„Es ist also wahrscheinlich teuer."

„Es ist teuer für die Erdbewohner selbst. Aber für eine Freundin, die ihre treue Klassenkameradin viele Jahre nicht gesehen hat, ist das nicht einmal ein Gespräch wert", gurrte Judy liebevoll. „Schließlich sind wir Ratten vom Planeten B-6 und es gibt nichts Besseres für uns, als unseren Kindheitserinnerungen alle erdenkliche Hilfe zu leisten."

Judy wurde freundlicher vor ihren Augen und ein Lächeln breitete sich immer breiter auf ihrem Gesicht aus. Sie zwinkerte ihrer Freundin zu:

„Sag mal, Nellie, war er wirklich so süß?"

COVID, WIE ...

Er sitzt mir gegenüber und nippt langsam an seinem Glas. Kulturell nicht vor Genuss schmatzen, sondern eindeutig das Getränk genießen.

„Tee?" Ich bin interessiert.

„Nein", der grauhaarige Kopf schüttelt als Antwort.

„Kaffee?" Ich lasse nicht locker.

„Nein", murmelt er.

„Darf man wirklich am Arbeitsplatz Abendmahl empfangen?", frage ich mich, „Abendmahl empfangen, und trotzdem ..."

„Was?"

„Wie wäre es mit?"

Das Wortspiel kann, wenn gewünscht, unbegrenzt fortgesetzt werden.

„Aber, aber", droht mir sein Zeigefinger. „Kennen Sie das Maß, aber vergessen Sie die Trunkenheit wie einen schrecklichen Traum." Gleichzeitig schmatzen seine Lippen, scheinbar im Takt seiner frivolen Gedanken. Schreckliche Träume sind nichts für seine Begierden. Aber die Möglichkeiten ... Er hat, glaube ich, noch mehr Möglichkeiten als Wünsche.

„Nektar", er holt mich zurück in die Realität, starrt angestrengt in sein Glas und kratzt sich mit der linken Hand an seiner rechten nackten Ferse. Der Absatz knarrt wie ein neuer Zehndollarschein. Ein sehr bekanntes Knirschen.

On sitzt mir in einem weißen Hoodie gegenüber. Seine Brille ist bis zur Spitze seiner langen Nase heruntergerollt, er blickt nachdenklich über sie hinweg und vielleicht über mich hinweg, man kann keine Worte werfen, er fängt an, die Seiten meines Koffers umzublättern.

„Also, Ordner Nummer zehntausend ist so und so", sagt er mir. Das heißt, mein Ordner, das heißt, all meine vergangenen

Dramen, Tragödien, Komödien von Anfang bis Ende. Hoodie liest ruhig vor.

„Nachname", er macht eine bedeutungsvolle Pause.

Nun, er hat eine Stimme! Wie ein abscheuliches Kratzen auf Glas.

„Das bist du?", fragt er mich.

„Ich bin es", gestehe ich.

„Das stimmt", sagt er. „Du bist immer noch du."

„Ich bin es immer noch." Ich stimme entgegenkommend zu und helfe für alle Fälle. „Gut, attraktiv und …"

„Was ist noch attraktiv?", unterbricht er mich.

„Ich weiß nicht", antworte ich. Ich weiß wirklich nicht was. „Du solltest es besser wissen", spotte ich. –„Ich fühle mich einfach so: gut und alles."

Er sieht mich an wie ein Scharfschütze, der ein Ziel gefunden hat und schweigt.

„Ich verstehe", stimme ich seinem Schweigen zu. Aber nicht ganz … „Und wenn es mir denn gut geht, liegt noch alles vor mir? Ich gehe Kompromisse ein."

„Voraus sieht es sehr neblig aus", sagt er und bläst ein Staubkorn von der Tischkante in meine alte Frau.

„Denn vorher war ich irgendwie immer ruhig", ich bin empört.

„Allmählich kurvig", er behauptet mehr als er verlangt.

„Schrittweise?" Ich frage.

„Allmählich", setzt er das Spiel fort und wirft mir mein eigenes Wort zu. Tischtennis allgemein.

„Wie ist es?"

„So ist es", grinst er.

„Bitch", erwidere ich gedanklich.

„Immer noch", sagt der Telepath und blättert die Seiten in der Mappe um.

Ich freue mich auf. Jeder will mehr über sich wissen, als er selbst weiß.

„Ja", sagt er. „Entspannen Sie sich. An der Uni hat man mehr oder weniger." „Alles in allem", seufzt er, „hätte es schlimmer kommen können. Ich freue mich sogar für Ihre Universität."

Ich entspanne mich. „Ich freue mich auch für meine Universität."

„Als nächstes", liest er. „Er lebte, studierte, trank wie alle anderen, fickte mehr als nötig", er schnalzte mit der Zunge. „Aber im Allgemeinen", jetzt blies er ein Staubkorn aus seinem Ärmel in meine Richtung, „im Allgemeinen hat Sie das nicht daran gehindert, Arzt zu werden."

„Ja" –, ich stimme ihm zu, „ich wurde", und ich füge hinzu, um sein Ohr zu verwöhnen, „zu überraschen ..." „Und ohne eine Pause?", frage ich schelmisch. „Aber wenn ich ...", aber das Ende des Satzes bleibt mir im Hals stecken.

„Nun", er drängt mich wie ein Pferd. „Wenn Sie was?"

„Nun, wenn ich mehr wäre ..." Ich verstumme wieder.

Pause.

„Mehr als was?", fragt er ungeduldig. „Genauer gesagt, mehr als was?"

„Nun", ich entscheide –, konkret, wie konkret. Gefickt, wenn mehr, hätte einen Akademiker angezogen?

„Halt die Klappe, Tier", verzieht er angewidert den Mund. „Die Position hängt nicht von der Menge ab. Die Position hängt von der Qualität ab."

„Aber es scheint, dass alle zufrieden waren ..."

„Bei der Qualitätsfrage geht es nicht darum, wer zufrieden ist, und nicht darum, was."

„Und worin?" Ich bin besorgt.

„Mit denen. Verstehst du mit wem?", sagt er mir mit einem weisen Lächeln.

„Tut mir leid, ich habe es nicht beendet", beklage ich. – Falsche Karte herausgefallen.

„Na, na, na", beruhigt er mich. – Sich gedanklich in den Erinnerungen an vergangene Tage verfeinern.

„Ich bin kein Theoretiker."

„Aber leider bin ich kein Praktizierender mehr", lächelt er sanft.

„Er sollte zum Zahnarzt gehen, der Bohrer weint bei seinem Lächeln. Ja, und es wäre schön ohne Betäubung", träume ich.

Apropos Karten, er holt mich zurück in die Realität. „Hast du viel gespielt?"

„Gespielt"

„Was?" fragt er.

„Du hast es selbst gesagt. Bingo."

Wir respektieren Karten nicht.

„Es ist schade. Entschuldigung", wiederhole ich. „Und wo zu Ehren?"

„Wo? Nirgendwo", fasst er zusammen und fügt nach einer Pause nachdenklich hinzu: „Wie ich sehe, bist du kein Einfaltspinsel in Bildern."

„Kein Einfaltspinsel", stimme ich zu.

„Lass uns das prüfen." Er blättert geräuschvoll durch die Seiten und fragt flüsternd: „Wenn es nach der dritten Karte einen Mangel gibt, lohnt es sich, eine weitere zu nehmen?"

„Wenn wir Glück haben."

„Das ist der Punkt", seufzt er. „Kein Glück – Okay", er kratzt sich hinter seinem Ohr. „Lass uns weitergehen."

„Lass uns gehen", nicke ich zustimmend.

„Verheiratet. Verflucht", er blättert weiter in meinem Fall.

„Verflucht, weil er geheiratet hat?", frage ich.

„Nein", erwidert er. „Zuerst hat er geheiratet und dann wurde er hässlich."

„Und es passiert", stimme ich zu.

„Und dann", er blättert weiter durch die Seiten meiner Mappe, Seiten in verschiedenen Farben, von den weißesten, strahlendsten, wie im Leben, bis zu den schwärzesten, traurigsten, wie im Leben, und schüttelt vorwurfsvoll den Kopf. „Grusel! Grusel! Grusel!"

„ICH?", frage ich ängstlich. „Bin ich es?"

Er sieht mich hoffnungslos an, schüttelt seinen grauen Kopf und schweigt.

„Bin ich es noch?" Ich schreie fast.

„Nicht schreien", sagt er. „Sie sind sie. Aber du bist nicht mehr du."

„Ich verstehe nicht." Ich bin überrascht und mache eine hilflose Geste. „Ist das hässliche Ich nicht ich?"

„Siehst du", erklärt er mir, „wenn du du selbst bleibst, dann hättest du die Chance, Mitglied unseres Teams zu werden und hier oben abzuhängen. Aber da Sie sich hinter den Umständen versteckten und dies als Ihre Rechtfertigung aufstellten und dies dann mit dem Ausmaß Ihrer Taten multiplizierten, verstehen Sie selbst, dass der Weg für Sie bis zu Josminda aus ist."

„Höchstens keines von beidem?" Ich bin entsetzt.

„Tiefer als Sie denken", bestätigt er.

Und dann bemerke ich, dass er seine Josminda vorsichtig auf drei Kissen senkt. Und er befestigt seine Beine bequemer in einem Wasserbecken, damit der Pilz auf den Nägeln nicht austrocknet. Ich kichere.

„Hier mit dir taumeln", reagiert er auf mein Lachen. „Der Kopf verwandelt sich nicht nur in eine gekochte Rübe, sondern die Beine beginnen zu zittern. Schließlich verlässt uns nicht jeder freiwillig. Jemand muss Gas geben und ordentlich in den Hintern treten. Wohlgemerkt, ich diene nicht im Theater", seufzt er schwer.

So sei es, ich merke es, und ich merke auch, wie sich die Tür öffnet und eine unverständliche Person den Raum betritt, gekleidet in den gleichen weißen Hoodie. Die Person kommt an den Tisch und flüstert etwas lang und mühsam mit meinem Gegenüber. Dann dreht er sich mit einem sogenannten Gesicht zu mir um und ich verstehe, dass meine Angelegenheiten verloren sind, denn vor mir steht der Ermittler Wassili Wassiljewitsch, der mir schmerzlich vertraut ist.

„Und was machst du hier?" Er ist überrascht und verschluckt sich sofort vor Lachen. „Ihr Platz ist ganz unten. Ganz unten! Ganz unten! Ganz unten! Stimmt, wenn sie dich dort aufnehmen, mein Freund."

„Und wenn nicht?", frage ich klagend.

„Und wenn nicht, dann werden sie es schneiden", versichert mir Wassili Wassiljewitsch.

„Sagen Sie ihm, wer er ist?" Ich denke: „Ich werde es nicht glauben. Jeder nimmt die Wahrheit mit Feindseligkeit. jammern? Will nicht hören. In deine Weste weinen? Und wenn.? Was, wenn er mich noch mehr demütigen will? Das Opfer wird bemitleidet, um es weiter zu demütigen. Kannst du noch wimmern?"

Und ich jammere. „Gibt es überhaupt keinen Platz für mich?"
Ich will hier sein.

„Es stellt sich heraus, nein", antwortet er mir. „Alle Plätze
sind besetzt."

„Wie beschäftigt?" – Ich bin empört. Nun, wo lebt diese
Häresie in mir? Aber Sie müssen unbedingt fragen: „Wirklich bezahlt?"

„Sei kein Narr", unterbricht er und wendet sich an seinen
Kollegen. „Glaubst du, er will etwas über einen kleinen Ort für
mich wissen? Also nein, sehen Sie, ich bin ihm nicht ins Gesicht gegangen."

Warum ist dieser junge Mann hier? Rostet Eisen Felix?

„Ja, hier ist ein Papier aus der Hölle eingeflogen", antwortet er widerwillig.

„Vorlesen!", befiehlt Vasily Vasilyevich.

„Laut so laut", rezitiert der grauhaarige Kopf mit Ausdruck
und mit Ausdrücken. Und zum Schluss liest er eine Zusammen-
fassung vor: „Die Hölle ist kein Gummi."

„Unterschrift?" Vasily Vasilyevich ist interessiert.

„Hier", er zeigt das Papier.

„Von wem?" Der akribische Ermittler ist interessiert.

„Von demjenigen, der auf einer Yacht auf der Wasseroberfläche des Paradieses reitet."

„Und die zweite von wem?" Vasily Vasilyevich ist interessiert.

„Von demjenigen, der in der Hölle dem Kohlenbecken Wärme gibt."

„Von sich selbst?", fragt der Ermittler ungläubig.

„Von sich selbst."

Wassilij Wassiljewitsch dreht das Papier in seinen Händen.
„Spaß beiseite, aber eigentlich sind die Plätze alle aus. Nein wie
nein. Alles ist gebucht." Und wendet sich an mich und stellt eine
rhetorische Frage. „Was denkst du haben wir? Es gibt?!"

„Es gibt!", antworte ich fröhlich. „Und für mich auch, hoffe ich."

„Glauben Sie, dass, wenn Demokratie", Wassili Wassiljewitsch
ist empört, „dann bedeutet es ..."

„Sie sind verpflichtet", fordere ich.

„Müssen", er versteht automatisch meinen Wink, „müssen alles aufheben, was schlecht liegt, Inseln, Ideen, kleine Leute? Und wir nehmen!" Wassilij Wassiljewitsch schlägt laut mit der Handfläche auf den Tisch.

Sein Kollege springt überrascht auf. Das Wasser aus dem Becken spritzt auf den Boden.

„Drücken Sie nicht den roten Knopf!", sagt er flehend: „Es ist noch nicht Zeit, es ist noch keine Stunde!" Er lässt sich auf einen Stuhl fallen und wischt sich mit dem Ärmel den Schweiß von der Stirn. „Aber in der Sache zu diesem Thema. Wie Sie denken, sie sind verpflichtet", wiederholt Wassili Wassiljewitsch traurig. „Er sollte nirgendwo und in nichts bleiben. Aufgesägt."

„Und was ist mit uns? Mehr Sanktionen? Wie immer arbeitslos?"

„Wer zum Teufel weiß das? Vielleicht klappt es diesmal."

„Ich will nicht", ich erhebe die Stimme, „bei lebendigem Leibe zersägt werden. Schmerzlich."

„Du lebst nicht mehr."

„Es tut immer noch weh", sage ich. „Meine Mutter tut mir leid."

„Früher musste ich an meine Mutter denken."

„Zuerst über das Mutterland", widerspreche ich, „und dann über mich. So wurde es uns in der Schule beigebracht."

„Bastard?" Wassili Wassiljewitsch fragt seinen Kollegen und zeigt mit dem Finger auf mich.

„Bastard", stimmt er zu. „Ja, sogar was!"

Die? „Ich bin noch mehr interessiert." „Bitte nennen Sie den Abschluss."

„Suchen Sie Ihren Abschluss in den Bradis-Tabellen."

„Und wer ist das?" Ich lasse nicht locker. „Staatsanwalt von Chelsea oder ...?"

„Vor etwa fünf Minuten hat jemand auf Akademiker gezielt", bemerkte der Weißkopf boshaft.

„Bradys, in Akademikern?" Ich wundere mich. „Weiß nicht. War nicht. Nicht angezogen."

„Es gibt auch keine Verwandten im Ausland", fügt Wassilij Wassiljewitsch kopfschüttelnd der Liste hinzu.

„Ja". Ich nicke. „Ich bin gut. Aber sie nehmen es nicht dorthin, sie nehmen es nicht hier. Sie sehen, sie haben keinen Platz. Jeder kann es schneiden", sagte er und verstummte.

„Stinkt es?" Wassilij Wassiljewitsch fragt seinen Kollegen.

„Und wie."

„Wird es mehr geben?"

„Eher", antwortet er.

„Das ist genau der Punkt", resümiert der Ermittler. „Und wir müssen ihm Zeit geben."

„Ich will keine Deadline", unterbreche ich ihn. „Lassen Sie sie besser trinken."

„Beeilen Sie sich nicht." Der Kollege von Wassilij Wassiljewitsch hält mich an und fügt beruhigend hinzu: „Nach Ablauf der Frist werden sie es schneiden."

„Demokratie", so der Ermittler weiter, „sollte dem Einzelnen alle Möglichkeiten bieten und ihm die Möglichkeit geben, die Folgen ihrer Umsetzung zu verantworten, sonst ..."

Es entsteht eine tiefe Pause im Raum.

„Andernfalls werden diejenigen, die die Entscheidungen getroffen haben, zersägt?" Der Grauhaarige äußert eine Vermutung.

„Ich meine uns", macht Wassilij Wassiljewitsch ein Ende. „Was, wenn wir diesen Fall aus einem anderen Blickwinkel betrachten? Es gibt keine Kills hinter diesem Typ? Nein. Gibt es keine Raubüberfälle? Nein."

„Nein", bestätigt sein Kollege.

„Er ist nicht in der Lage zu protestieren?"

„Nicht dazu fähig. Er spottete über die Kleinigkeiten. Für den Wandel. Also, kleine Gemeinheit, das eine, das andere, harmlos. Es passiert jedem?"

„Eine vollkommen nüchterne Sicht der Dinge", unterbrach ich.

„Aber es gibt immer noch keine Orte in der Hölle, und es passt kategorisch nicht zu uns. Außerdem haben wir auch keine Plätze." Wassili Wassiljewitsch runzelt die Stirn.

„Ist es eine Reservierung?", fragt er erschrocken seinen Kollegen.

„Hör sind die an!" Ich bin empört. „Die Verfassung garantiert unsere Rechte und Pflichten ..."

„Deine Rechte bleiben auf der Erde, vergiss sie", unterbricht der weißhaarige Mann meine Rede.

„Auf der Erde wird dies durch das System geregelt, das der Garant der Verfassung ist." „Ich versuche ihnen zu helfen, mein Problem aus rechtlichen Gründen zu lösen."

„Ihre Rechte sterben mit Ihnen", erwidert er.

„Nein", sagt Wassilij Wassiljewitsch, „das entscheiden nicht wir. Nicht kompetent. Aber wir müssen uns mit einem Stapel Papiere verwirren. Würde nicht wollen, aber ..."

„Wie ist es ‚würde nicht wollen'?" Ich melde mich nochmal. „Mach deinen Job!"

„Was ist es?" Der Ermittler interessiert sich für seinen Kollegen, bemerkt meine Bemerkungen nicht und weist anscheinend auf einen neuen Befehl von oben hin.

„Oh", antwortet er. „Ja, eine Pro-Forma-Bestellung. Unsere Arbeit wird dadurch in keiner Weise beeinträchtigt."

„Ja." Vasily Vasilyevich stimmt ihm zu, nachdem er gelesen hat, was geschrieben wurde, und das Papier an den Weißkopf zurückgegeben hat. „Es ist nicht mehr relevant. Es gibt keine Narren mehr. Die Reihenfolge muss jedoch eingehalten werden."

„Du bist mein Kummer", wendet er sich nach einer Pause an mich. „Gibt es Impfungen gegen das Coronavirus? Nun, gibt es Pfizer, Moderna, AstraZeneca, Sputnik?"

„Nein", widerspreche ich entschieden.

„Nein?" Überrascht, und dann freudig Blicke getauscht, und noch einmal fragen mich fast im Einklang. „Nein?"

„Nein", antworte ich. „Es gibt keine Narren."

„Der Ordner mit seinem Koffer im Safe, nicht auf mich hören!", befiehlt Vasily Vasilyevich fröhlich. „Und Sie", er spricht mich an, „testen an allen verfügbaren Stellen. Dann Quarantäne. Quarantäne ist obligatorisch, und dann Impfungen von Pfizer, AstraZeneca, Vector und allen Impfstoffen, die es heute gibt. Und beten Sie zu Gott, dass es bis zu diesem Zeitpunkt nicht noch mehr davon geben wird, das heißt Impfstoffe."

„Aber", versuche ich, seinen unmenschlichen Monolog zu unterbrechen.

„Kein Aber! Sie haben Anspruch auf alle registrierten und nicht registrierten Impfstoffe. Infizieren Sie alle hier oben. Na und?! Katastrophe! Unten ist Covid so, wie es der Arzt verordnet hat. Unten ist es möglich, es ist sogar willkommen. Deshalb ist er die Hölle. Aber oben, nein, nein." Wassili Wassiljewitsch schüttelt spielerisch den Finger und lacht wie Donner in einem Maigewitter. „Eine Pandemie hat immer noch ihren Reiz", beharrt er.

Nachdem er zur verabredeten Zeit gelacht hat, interessiert er sich für mich. „Irgendwelche Fragen?"

„Ich habe Fragen", antworte ich. „Was trinkt Ihr Kollege?" Und als würde ich meine taktlose Frage rechtfertigen, murmle ich: „Tut mir leid, mein Hals ist trocken."

„Richtig, es ist ausgetrocknet. Warte, du gehst nicht bald ruhig aufs Töpfchen", tröstet er mich und befiehlt, sich an einen Kollegen wendend. „Gib ihm einen Schluck!"

Nach dem zweiten Schluck spüre ich, dass ich ins Nirwana falle.

„Was ist das?", frage ich.

„Das ist der Nektar der Begierden", erreicht mich aus der Ferne die Stimme eines grauhaarigen Kopfes.

„Was für ein Charme", denke ich, „dieser Nektar der Begierden. Vielleicht …?"

„Sie schneiden es sowieso ab", rauschen die Worte von jemandem hinter meinen Gedanken her.

SATURN IST DER PLANET DEINER MÖGLICHKEITEN. FUSSBALL FANS

Wir kamen in ihre Stadt, um sie am ersten Tag anzuhäufen. Dass wir Fans sind, ist klar, im Gegensatz zu anderen, die nicht der Rede wert sind. Und wir folgen unserem Team ständig im ganzen Land, und wenn wir irgendwo weiterspielen müssen, werden wir dorthin gehen, unser letztes Hemd ausziehen und Flugtickets bezahlen, die heute nicht billig sind. Wir sind immer bei ihnen, weil wir wissen, dass sie ohne uns dem Wolf ohne die Jäger nicht widerstehen können.

Wir halten immer zusammen, Schulter an Schulter, und schaffen so ein Ganzes, das nicht zu besiegen ist. Alles, was von uns verlangt wird, ist unsere interne Disziplin, unser Engagement und unsere Hingabe an unser Team. Wir wissen, wofür wir sterben müssen, und brüllen darüber, dass die Decken in den Opernhäusern einstürzen.

Heute müssen wir unbedingt die Heimmannschaft durchkämmen, und dann werden wir und immerhin unsere Schultern, der zwölfte Spieler unseres Teams, für die hinter uns liegenden Mannschaften unzugänglich und bekommen nächstes Jahr einen riesigen Kristallspucknapf mit einem Ticket für die Premier League, die wir vor langer Zeit anprobiert haben.

„Hör zu", wende ich mich an Misharik, meinen engen Freund und ausgebildeten Philologen, was ihm das Recht gibt, mit besonderem Genuss zu fluchen und seine Miene mit besonderem Charme zu verraten. Zum Beispiel … Sie haben richtig gedacht, aber Sie sollten es nicht sagen, Neid ist nicht gut. Also frage ich Misharik:

„Öffnen wir das Plakat nach dem ersten Tor?"

Wer weiß besser als wir, dass die Bälle heute nur in einen Saitensack fallen werden, nämlich das Tor der Heimmannschaft, und deshalb haben sie das Plakat mitgenommen. Es ist groß und bunt, und wenn sie es in unserer Stadt im Fernsehen sehen, dann senden wir damit direkt auf dem ersten Kanal Grüße an die Stadt und unsere Verwandten und Freunde, als würden wir mit einem Stift schwenken.

Was geschrieben ist? Ja, nichts Besonderes, alles ist intelligent und vor allem ist es überhaupt nicht voreingenommen „GIVE FUCK!!!" Es ist also absolut unmöglich, es nicht zu bemerken. Außerdem wissen wir, dass Misharik unter ihm krächzen wird, weil er es aus tiefstem Herzen versucht. Im Allgemeinen werden wir alle zusammen schreien und in die Hände klatschen, und Sie werden es nicht verpassen. Drücken Sie sie, Jungs, auf dem Fußballplatz, und wir werden sie mit unseren Bündeln drücken.

Nun, das Spiel läuft wie erwartet. Wir sind nicht in der Defensive, wir greifen wie Tiere an. Hier und da sollte ein Tor fallen, aber entweder kommt die Latte dazwischen, oder der Schiri hat dabei seine Brille nicht aufgesetzt, naja, Glück hat er nicht und das war's. Sehen Sie, der Ball hat wieder den Torwart getroffen, und jetzt den Verteidiger, der weiß, woher er kommt, und seinen schlechten Kopf dort hingelegt hat, wo sie nicht gefragt haben. Wir haben allein fünf Ruten gezählt.

„Fünf, fünf, Mischarik!" Man muss nicht übertreiben, „fünf, das heißt fünf, und nicht sechs, sonst sagt man sieben! Und sechs ist immer noch nicht hart, auch wenn es schwieriger ist, in sie hineinzukommen als in einen Raum, ich meine das Tor. Niemand gewinnt dafür."

Wir sind zu Recht nervös, denn wir kennen die richtige Regel: „Wenn nicht du, dann du."

„Und was für Hängeohren haben sich unter uns niedergelassen?" Ich schaue sie mir genau an, ich bin interessiert. Diese Menschenmenge habe ich noch nie gesehen. Es scheint, dass sie die Westen über sich gezogen haben, genau in den Farben unseres Clubs. Fahnen mit unseren Symbolen halten sie in den Händen, aber sie verhalten sich ziemlich seltsam, wie bei einem Empfang bei der Königin von England, schweigend und unvoreingenommen in das Geschehen auf dem Feld eintauchend.

„Wahrscheinlich, unser Fanclub, die Stadt ist anders", antwortet mir Misharik und explodiert mit einem Orgasmus einer Tirade, die er an Chuna, unseren linken Flügelspieler, gerichtet hat, der wieder eine hundertprozentige Chance hat, sich treiben zu lassen.

„Ich mag sie nicht", sage ich zu Misharik, „oh, ich mag sie nicht!"

„Hey", wende ich mich an einen der Schlappohren, „können Sie mir sagen, mein Freund, in welchem Jahr der Club gegründet wurde, für den wir uns herablassen, gemeinsam zu feuern?" Und ich füge hinzu, als ob ich mich rechtfertigen würde: „Ich löse hier ein Kreuzworträtsel. Genau so klingt die horizontale Frage."

Er dreht mir sein Gesicht zu. Liebe Mutter, wo kriegen die solche Freaks her?! Oder bin ich beim Aufladen vor einem Match über Bord gegangen? Oder rollen unsere, sodass alles schon im Spiegel des Grauens zu sehen ist?

Korrekt. Er benennt das Datum richtig.

„Gut. Und mit welcher Verletzung spielt unser Rechtsverteidiger?"

„Meniskus", antwortet er. Am Ende der Saison muss er operiert werden.

„Richtig", denke ich. „Ich weiß." Und ich stelle die letzte Frage. Aber was!

„Der Name der Schwiegermutter des Masseurs des Teams?"

„Warwara Petrowna."

„Unser!", rufe ich freudig und wir verbrüdern uns.

„Misharik, gib mir etwas", sage ich zu meinen Bruder, der eine bestimmte Menge Treibstoff durch die Absperrung des mentalen Zauns getragen hat. „Die Jungs müssen sich aufwärmen, sonst frieren sie komplett ein."

Misharik schaut auf das Etikett der Flasche, die auf magische Weise in seinen Händen erschien.

„Draußen sind es plus 30", sagt er.

„Außerdem", erkläre ich, „Mitte Juli."

„Wodka plus 40." Er späht ihr ins Innere. „Die Differenz beträgt plus 10. Es wird die fertigen Polarforscher erwärmen."

„Nein, nein, was bist du!" Sie lehnen hastig ab. „Wir trinken nicht."

„Vielleicht isst du nicht?" Misharik ist interessiert und möchte neben seinen Worten einfach die Schönheit seines eigenen Zaunumsatzes zeigen.

„Beschäftige dich", unterbreche ich ihn. „Verschwenden Sie nicht Ihr Wissen."

Er trinkt wunderbar, atemlos.

„Nein", antwortet einer der Hängeohren. „Was hier angeboten wird, essen wir nicht."

„Zimperlich", sage ich.

„Nein", antwortet Mischarik. „Stolz. In den Penaten des Feindes passt ein Stück einheimisches Brot nicht in ihren Mund."

„Siehst du", unterrichte ich unterrichte, „und morgens erträkst du ihren Wodka wie aus einer Wasserpfeife. Und ich trinke den Rest der Misharik-Flasche."

Etwas beißen. Ich durchwühle unsere Arschlöcher. Leer.

„Nimm es ihnen ab", rät Misharik. „Um einen Snack zu haben, haben sie keinen Snack, und was das Essen angeht, dann haben sie es wohl mitgebracht. Schau, deine Taschen platzen."

„Du siehst nicht, aber du siehst", korrigiere ich ihn. Und ich wende mich an einen der Hängeohren. „Brüder, wird etwas ausbrennen?"

Er versteht mich und überreicht mir eine silberne Dose, aus der nicht klar ist, woraus sie besteht. Ich nehme sie, öffne sie, und ein Krampf raubt mir den Atem.

„Komm schon, beeile dich!" – Misharik beeilt mich, nachdem er den Inhalt einer neuen Flasche umgeworfen hat, aber schon kleiner. „Reiner Franzbranntwein lässt keine langen Pausen zu", krächzt seine Stimme.

„Haben Sie Salz?" Mein dröhnendes Lachen übertönt den Lärm eines Hunderttausender-Stadions.

„Welche Art von Salz?" Misharik ist perplex.

„Komm schon!" Und ich halte ihm einen kurz zuvor geöffneten Behälter hin, in dem riesige getrocknete Kakerlaken dicht ruhen.

Mishariks Wangenknochen verkrampfen, entweder vom Alkohol oder von dem, was er gesehen hat.

„Keine Eile", rate ich ihm. „Genießen."

Ein Moment und Misharika wird sich herausstellen, aber dann rollen wir das lang ersehnte Ziel auf und wir springen alle von unseren Sitzen auf und heulen im Allgemeinen aus vollem Halse und vergessen alles auf der Welt. Was kann uns traurig machen?

Ich springe hinunter zu den großen Ohren und wir küssen uns wie Romeo und Julia in unserer ersten Nacht. Wir schreien zusammen. Wo ist das Lokomotivpfeifen, das lauter ist als wir? Wir gratulieren uns gegenseitig mit den nötigsten und wichtigsten Worten.

„Wir haben sie!" schreit Mischarik.

„Warte ab!", schreie ich.

„Warte ab!" schreien die Hängeohren.

„Hier sind die Guten!" „Aber woher kommt ihr?", frage ich sie, wobei mir klar wird, dass auch ohne Gesichtskontrolle klar ist, dass diese Personen nicht in unserem Fanclub auftauchen.

„Von Saturn", antwortet einer der Hängeohren.

„Saturn", erklärt mir Misharik, das ist ein Team der dritten Liga aus einem kleinen Vorstadtdorf.

Unsere bringen den Sieg zum Ende. Und wir sind wieder voll dabei.

„Ich mag sie", sage ich zu Misharik, nicke in Richtung der Hängeohren und füge fröhlich hinzu. „Ich mag heute alles."

Wir brüllen Toasts zu Ehren unseres Teams, und dann ruft Misharik: „Lang lebe Saturn!" Und auch die Hängeohren toben bei uns.

„Jetzt geht der Spaß los", sage ich zu einem von ihnen. „Feiern wir den Sieg, der notwendig ist, und kratzen wir vielleicht sogar die Gesichter der lokalen Intelligenz mit unseren Fäusten, das heißt die Gesichter der Fans, der Besitzer des Feldes."

„Nein", er antwortet. „Es ist Zeit. Unser Raumschiff fährt in einer halben Stunde ab."

„Welches andere Raumschiff?" Ich wundere mich. „Wir werden abends mit dem Bus abgeholt."

„Wir können nicht", antwortet er, verloren in der Menge. „Wir sind vom Planeten Saturn", erreicht mich seine Stimme. „Busse fahren noch nicht dorthin."

Vor dem Heimweg trinken Misharik und ich unterwegs.

„Das war heute ein gutes Spiel", sagt er.

„Und das Ergebnis ist, was Sie brauchen", antworte ich.

„Es ist schade, dass wir mit einem Tor Vorsprung gewonnen haben", sagt er. „Zwei wären besser."

„Zwei, drei, was macht das schon? Hauptsache wir haben gewonnen und spielen jetzt in der Premier League. Aber das ist schon viel, es spricht für die Klasse."

„Ja", stimmt er mir zu. „Jetzt wird jeder mit uns rechnen", fügt er träumerisch hinzu. „Vielleicht werden wir nächstes Jahr in Europa die Cups für uns selbst biegen."

„Es wäre schön." Ich träume auch. „Und plötzlich fallen mir die Hängeohren ein", sage ich. „Wir sind gerade in die großen Ligen aufgestiegen, und schon ist unser Team ein Weltklasse-Team!" Und ich korrigiere mich: „Auf universeller Ebene! Sie fliegen vom Saturn, sie jubeln uns zu!"

„Komm schon", sagt Misharik. „Im Ernst, Sie verstehen keine Witze. Welcher Planet? Welcher Saturn?" In einem Zug verbraucht er den restlichen medizinischen Alkohol in der Flasche. Sein Gesicht verzieht sich zu einer Grimasse.

„Snack", flüstert er mir schroff zu. „Gib mir einen Snack!"

Ich öffne eine Dose zum Abendessen, die das Hängeohr hinterlassen hat, mit der Aufschrift „Made on Saturn" und „Saturn – the planet of your possibles" darunter. Und ich biete Misharik allen Ernstes an, Rattenschwänze zu probieren.

Der Bus fährt.

EPILOG

Die Geschichte ist allen „Fans" unserer Galaxie sowie den „Fans" anderer Galaxien gewidmet, die nicht vergessen haben, wer ein

Beispiel für Hingabe bei der Unterstützung der Teams sein sollte, die sich diesem kompromisslosen Spiel hingeben.

Mit freundlichen Grüßen Ihr gescheiterter Pel – le.

Der Name Pel – le wird nach den Grammatikregeln des Planeten Saturn vergeben.

SELBSTZERSTÖRUNG

Die Halle wurde zahm wie ein Hund im Halsband. Die Sängerin sang, wie sie noch nie zuvor gesungen hatte. Es gab keinen einzigen Ton, der nicht in ihrer tiefen, leicht heiseren Stimme erklang. Es gab kein einziges Wort, das nicht direkt in die Seele eindrang. Kein einziger falscher Ton.

Sie ließen sie lange nicht los und sie sang weiter und blieb auf der Bühne, obwohl ihr der Schweiß übers Gesicht lief und die müde Sologitarristin gereizt an den Gitarrensaiten herumfummelte.

„Das sieht überhaupt nicht nach ihr aus", dachte sich der Produzent der Sängerin, der auch ihr Ex-Mann war, als er hinter der Bühne beobachtete, was auf der Bühne passierte. Wer, wenn nicht er, sollte alle ihre Gewohnheiten kennen.

„Was hat unsere ‚Oma' heute angegriffen", fragte der Keyboarder den Schlagzeuger und näherte sich ihm in einer der wenigen Pausen.

„Ich weiß nicht", antwortete er, „aber ein bisschen mehr, und ich kann unter den Trommeln gesucht werden." Er strich sein schweißnasses schwarzes Kopftuch glatt, öffnete eine Plastikflasche und trank sie in einem Zug aus. „Er wird uns fahren, Schlampe, wie man trinkt, fährt uns!"

„Bis! Bis!" Die Halle dröhnte. Für eine Zugabe musste der Sänger immer wieder singen. Und sie sang weiter, als würde ihr Schicksal entschieden, lehnte keine der Bitten oder Notizen ab, die auf der Bühne eingereicht wurden, und las sie gierig.

„Bist du heute mit dem falschen Fuß aufgestanden?" fragte der Produzent die Sängerin, als sie, nachdem sie die Bühne verlassen hatte, kaum atmend in einen Ledersessel fiel. „Erst die Ablehnung von ‚Sperrholz', dann die sträfliche Vernachlässigung der eigenen Person, als Mutter, Großmutter, junge Ehefrau, endlich! Aus irgendeinem Grund beschloss sie plötzlich, alle mit ihrem ungezügelten Talent zu quälen." Der letzte Satz gefiel ihm offensichtlich selbst und er fügte hinzu: „Wie sich herausstellte, kann Talent wirklich zu Tode gefoltert werden."

„Nun, hat es funktioniert?", fragte sie gleichgültig.

„Ja", antwortete er und küsste respektvoll ihre Hand. „Wie ist es passiert!"

„Wie schade", sagte sie und dachte an etwas anderes.

„Es ist schade?", fragte er. „Ja, es ist nur ein Verbrechen!"

„Worüber redest du?" Ihre kunstvoll gezogenen Augenbrauen zog sie kunstvoll in die Höhe. „Über die falsche Tonart im Refrain?"

„Wie ist hier der Ton?" Der Produzent erhob verärgert die Stimme. „Lasst die sanften Ohren des Komponisten damit umgehen. Mich interessiert etwas anderes: Warum hast du so kurzerhand gegen den Vertrag verstoßen und statt einer Tournee ein Ticket ans andere Ende der Welt gebucht. Gleichzeitig haben wir nicht an die Strafe gedacht, oder?", witzelte er und rieb sich nervös die Fingerspitzen.

„Liebst du mich noch?", fragte der Sänger freundlich.

„Brunnen?"

„Hier bezahlst du", sagte sie kategorisch und schloss die Tür hinter sich.

„Dasselbe mir der große Sänger!", fuhr er ihr hinterher. „Ruft die Pfeife nach einem neuen Abenteuer? Schau, stolper nicht!"

„Balda namens Balda!", kam eine Stimme vom Korridor.

***

„Skalpell!", verlangte der Chirurg von der Krankenschwester. Und die Operation begann.

Die Angehörigen des Patienten saßen im Flur des Krankenhauses. Das Urteil der Ärzte war enttäuschend und es gab eigentlich keine Hoffnung mehr. Diese Operation wurde mehr durchgeführt, um Angehörige zu trösten, als um den Zustand des Patienten zu verbessern. Es schien, und so ist alles klar. Alle Tränen wurden vorher vergossen, und auch diese unsichtbare Glücksgarantie, die es im Allgemeinen nicht gab, sollte eher das Gewissen beruhigen, damit man später sagen konnte: „Es wurde alles getan, was möglich war, aber ..."

Angehörige saßen da und warteten auf den Ausgang der Operation. Einer von ihnen, ein Vollblutmann mit rotem Gesicht, sprang immer wieder auf und rannte davon, um zu rauchen. Kam zurück und rannte wieder raus. Die Zeit schien einzufrieren.

Und erst am Abend kam ein Chirurg zu ihnen. Müde, erschöpft, nein, er stieß einen einzigen Satz aus: „Dimka wird leben!"

Dimka war der Name eines siebenjährigen Jungen, der in einen Autounfall verwickelt war.

Der Vollblutmann sprang auf, seine Beine gaben nach und er fiel auf die Knie.

„Du bist Gott! Du bist Gott!", murmelte er und stieß seine Lippen in die Hand des Chirurgen.

„Aber, aber, nur ohne Dummheit!" Der Chirurg wich zurück. „Ich bin nicht Gott, wir haben heute einfach verdammtes Glück!"

Nach der Operation ging der Chirurg zum Chefarzt.

„Nun, okay", stimmte er grimmig zu. „Ich lasse dich gehen, aber nur für drei Tage. Nach Ihrer Rückkehr organisieren Sie auf eigene Kosten einen Urlaub."

„Ich brauche mindestens eine Woche."

„Drei Tage", beendete der Chefarzt das Gespräch mit einer entschiedenen Geste und fragte nach einer Pause, ob der Chirurg schon ein Flugticket genommen habe?

„Verstanden", nickte der Chirurg.

„Nun, guten Flug! Am Montag treffen wir uns zum diensthabenden Fünf-Minuten-Meeting."

***

„Nun, spritz mehr!", fragte der Besucher der Bar. „Spritz, spritz!" Er ließ nicht locker, als er sah, dass die Bardame es nicht eilig hatte, seinen Wunsch zu befriedigen.

„Dein ‚mehr' habe ich schon aufgehört zu zählen! Du wirst brennen!"

„Hab keine Angst", versicherte er ihr. „Nicht das erste Mal!"

„Also, wie heute, genau am Ersten!" Der Barkeeper gab nicht auf.

„Also, heute ist ein besonderer Tag", antwortete der Besucher und goss den Inhalt des Behälters in einem Zug in sich hinein. Er holte einen großen Schein aus seiner Brieftasche und reichte ihn der Bardame mit den Worten:

„Während der Fluss auf meiner Seite nicht seicht geworden ist, so lass ihn mit einer unerschöpflichen Quelle auf deiner Seite plätschern!"

„Ist dir etwas passiert?", fragte der Barkeeper mitfühlend.

„Nein", grinste der Besucher betrunken und schüttelte den Kopf.

„Sie sind also ein trivialer Säufer", stellte die Bardame fest.

„Na und?" Der Besucher war nicht verlegen. – „Jedem das Seine. Jemand, der Bücher schreibt, und jemand, der sie liest, jemand, der Wodka einschenkt, und jemand, der ihn trinkt. Harmonie!" Und ein glückseliges Lächeln breitete sich auf seinem Gesicht aus. Er warf einen Blick über die Weinregale und zeigte auf eine der Flaschen. „Öffne diese Prinzessin für mich!" Etwas, das ich an ihrer Seele klebte.

„Wirst du heute alles trinken, womit wirst du dich morgen betrinken?"

„Was morgen passieren wird, ist mir egal."

„Warum?" Der Barkeeper war alarmiert.

Der Betrunkene brach in Gelächter aus.

„Hab keine Angst! Morgen werde ich lebendiger sein als alle Lebenden, und", fügte er beruhigend hinzu, „Ich fliege neulich weg." Er hat mit seiner Hand ein fliegendes Flugzeug dargestellt. „W-w-w!"

„Na, Gott sei Dank", seufzte die Bardame und griff nach der Flasche, die der Besucher zeigte. „Heutzutage darf man im Flugzeug nicht viel trinken."

„Du hast recht", stimmte er zu. „Wirst du dort jetzt viel trinken?"

***

Die Frau und der Mann lagen im Bett. Ihr Kopf ruhte auf seiner Schulter. Ihr Zeigefinger glitt über seine Brust und zeichnete einige Formen.

„Das ist eine Blume", vermutete er.

„Die?", fragte sie.

„Kamille", lachte er.

„Und jetzt?"

„So etwas wie ein chinesisches Schriftzeichen."

„Nun", widersprach sie.

„Nun", er versuchte es noch einmal zu erraten, „das heißt, die Sonne versteckt sich hinter einer Wolke."

„Das ist nicht wahr", freute sie sich, „Ich habe nicht geraten, ich habe den Anfangsbuchstaben meines Namens gezogen."

„Schreiben Sie jetzt bitte den ersten Brief von mir", bat er.

„Du willst zu viel!", heuchelte sie Empörung.

„Nun, schreiben Sie", fing er an zu stöhnen. „Was bist du wert?"

Die Frau strich erneut mit dem Finger über seine Brust.

„Sehen Sie", sagte er, sie schrieb, „jetzt fast Harmonie."

„Fast?!"

„Sie setzen immer ein Plus dazwischen", erklärte er, „und hinter ihnen ein Gleichheitszeichen. Und dann ..."

„Nun, es ist überhaupt nicht interessant", unterbrach sie ihn. „Liebe kann man nicht bestellen."

„Das kannst du nicht", bestätigte er. „Weder bestellen noch stornieren."

„Und das werden wir auch nicht versuchen", sagte die Frau.

„Natürlich nicht", erwiderte er und küsste sie fest auf die Lippen.

„Ich liebe dich", sagte er sanft.

„Ich bin dem Schicksal so dankbar", sagte die Frau nach einer Pause, „dass es versucht hat, uns zusammenzubringen. Ich glaube so fest daran, dass wir für immer sind." Und sie blickte ihm hoffnungsvoll in die Augen. „Wahrheit?"

„Wahrheit."

Die Frau setzte sich wieder bequem auf seine Schulter.

„Warum hast du mich gewählt?"

„Ich weiß nicht", antwortete er. „Ich habe alles gewählt." Der Mann lächelte, „Vielleicht, weil Sie mich gewählt haben. Könnte es sein?"

„Zwei!" Sie hat ihr Urteil verkündet. „Das passiert nicht im Leben. Liebe ist nicht, weil jemand jemanden ausgewählt hat. Deuce und Eltern zur Schule!"

„Ich werde versuchen, mich zu verbessern", versprach der Mann. „Ich bin von meiner Geschäftsreise zurück und werde es sofort reparieren."

„Du gehst?" Sie war aufgeregt. „Du hast mir nichts gesagt. Für wie lange?"

„Das glaube ich nicht", versicherte er ihr. „Ich inspiziere das neue Förderband bei der Arbeit und bin gleich wieder da."

„Untersuchen Sie es bitte schnell", bat sie.

„Vielleicht gibt mir der Chef später etwas Geld, sonst ist das Gehalt, wie ein Zwerg in der Arena, lächerlich gering."

„Inspizieren Sie es bitte schnell", sagte sie noch einmal.

***

Der Bewohner wartete zur vereinbarten Zeit im Hotel auf sie. Zuerst erschien der Chirurg, gefolgt von einem lärmenden Säufer, der Ingenieur klopfte schüchtern an die Tür, und wie immer verspätet und pompös kam der Sänger.

„Kolleginnen und Kollegen", der Bewohner sprach die Ankömmlinge an, „wir haben eine neue Installation vom Zentrum erhalten. Ich habe euch alle zusammengebracht, damit ihr euch damit vertraut machen könnt."

„Sie haben uns lange nicht mit ihren neuen Installationen verwöhnt." Der Sänger lächelte.

„Es wäre besser, wenn sie im Leben helfen würden", stimmte der Säufer zu.

„Wie?", fragte der Ingenieur.

„Weißt du was?", schnauzte der Säufer, „Geld, was noch. Und dann bin ich total fertig, ich habe nicht genug fürs Leben."

„Ich hätte echt zugenäht, seht ihr, und es hätte für ein Leben gereicht", schmunzelte die Sängerin.

„Du und ich haben unterschiedliche Funktionen", antwortete er, „obwohl wir beide mit der Kehle üben."

„Ich möchte Sie daran erinnern", der Bewohner erhob seine Stimme, um den wachsenden Konflikt zu stoppen, „dass die Gewohnheiten der Erdlinge vor der Haustür gelassen werden müssen. Treten Sie ein und for-woll-ob!" Er sah alle Anwesenden streng an. „Denken Sie also daran: Unterbrechen Sie mich nicht!"

„Wofür ich den Chef respektiere", der Trunkenbold konnte nicht widerstehen, „dafür, dass der Chef immer der Chef auf Erden ist", und er hob anerkennend den Daumen.

Seine Worte fielen ins Leere. Der Bewohner begann zu sprechen.

„Der Higher Intelligence Council hat beschlossen, unsere Mission auf dem Planeten Erde auszusetzen. In dieser Hinsicht reagieren Sie alle und kehren nach Hause zurück."

„Es lebe die ‚Demobilisierung'!", sagte der Säufer fröhlich.

Der Assistenzarzt sah den Sprecher missmutig an, aber nach einigen Augenblicken glättete sich seine düstere Stirn und er lächelte zur Überraschung aller Anwesenden. „Zu Hause, zu Hause! Zeit, nach Hause zu gehen!"

„Warum?" Der Chirurg konnte nicht widerstehen.

„Deshalb!", erwiderte der Resident scharf und unterbrach die Debatte. „Das entscheiden nicht wir, sondern die, die über uns stehen."

„Erdlinge sind gefährlich für den höheren Geist", war der Sänger empört.

„Sie sind zuallererst für sich selbst gefährlich", versicherte ihr die Bewohnerin. „Eine Analyse des Geschehens zeigte, dass je klüger sie werden, desto mehr Chancen haben sie zur Selbstzerstörung. Ihr Fortschritt ist für sie eine tickende Zeitbombe." Er fuhr sich mit der Hand durch sein ohnehin schon glattes Haar. „Nicht umsonst glauben sie an die kommende Apokalypse."

„Und wir werden ihnen nicht helfen, es zu vermeiden?", fragte der Chirurg ängstlich.

„Diese Frage gehört nicht zu unserem Auftrag", antwortete der Anwohner trocken. „Wir entscheiden nicht, was zu tun ist. Dies liegt in der Zuständigkeit des Rates."

„Irgendwie schade um sie", sagte der Säufer, „sie sind alle so nass."

„Besonders nach dem ersten Drink", witzelte der Sänger.

„Jeder macht seinen Job wie vorgeschrieben", antwortete ihr der Säufer wütend. „Vielleicht möchte ich auch singen, nicht trinken." „Und du musst trinken."

„Was sagen Sie?!" Der Sänger witzelte wieder. „Agent 007 beschloss, nüchtern zu werden!"

„Ich habe Sie gebeten, die Gewohnheiten der Erdbewohner vor der Tür des Zimmers zu lassen", unterbrach der Bewohner das beginnende Gefecht.

„Und ich?", sagte der Säufer zu seiner Verteidigung. „Die Zeitungen schreiben nicht über mich."

„Meine Herren!" Der Bewohner sprach alle Anwesenden an. „Ich hoffe, ich störe Sie nicht, wenn ich Sie um ein paar Minuten mehr Aufmerksamkeit bitte?"

Es herrschte Stille. Es wurde hörbar, wie die Räder eines vorbeirauschenden Motorrads auf der Straße quietschten.

„Sie alle müssen Flug 248 nehmen und pünktlich an Bord des Flugzeugs sein, das nächsten Donnerstag vom Flughafen Orly abfliegt."

„So schnell?", fragte jemand.

„Ja", antwortete der Bewohner.

„Jede zusätzliche Stunde unseres Einsatzes", warf der Säufer erneut ein, „ist zu teuer für unsere Steuerzahler."

„Stimmt", bestätigte der Bewohner, „überhaupt nicht billig."

„Aber ich verstehe nicht", wandte der Chirurg erneut ein, „warum sollten wir ihre Selbstzerstörung dulden?"

„Es ist viel billiger, als sie auf der Stufe ihrer höchsten Entwicklung zu zerstören, wenn sie durch ihren Stolz besondere Exklusivität im gesamten Weltraum beanspruchen werden."

„Aber Sie können endlich versuchen, mit ihnen zu verhandeln", sprach der Ingenieur zum ersten Mal.

„Du kannst es versuchen, aber du kannst nicht zustimmen." Der Bewohner rieb sich müde den Nasenrücken. „Die Mentalität der Erdbewohner ist nicht für lange Gespräche gedacht, schon gar nicht für Zugeständnisse ihrerseits."

„Glauben Sie persönlich so?", fragte der Ingenieur.

„Es genügt, dass der Supreme Mind Council des Universums so denkt, und wenn sie so denken, dann ist es so. Unsere Aufgabe ist nicht, zu streiten, sondern zu tun, was uns vorgeschrieben ist. Uns wurde befohlen, die Überwachung des Planeten Erde einzustellen. Der Rückzug der Agenten erfolgt wie üblich über den Tien Shan. Wir werden durch einen provisorischen Korridor geführt."

„Was passiert mit den restlichen Passagieren auf diesem Flug?", fragte der Chriurg, als hätte er die Antwort auf seine Frage nicht erraten.

„Ja, bei denen wird es nie was anderes geben", antwortete der Säufer für den Bewohner. „Eine gewöhnliche Katastrophe, die dabei starben, werden bald vergessen sein."

„Jedes Leben im Universum ist heilig", wandte der Chirurg ein.

„Jede Entscheidung des Obersten Rates ist unkritisch und wird konsequent umgesetzt."

„Schade", sagte der Sänger, „ich habe ein wichtiges Konzert vor mir, und dann noch eine Tournee und einen Auftritt übrigens beim Eurovision Song Contest."

„Schade", sagte der Chirurg, „Ich habe einen Patienten im Koma, die Operation ist sofort notwendig."

„Und ich habe ein geselliges Trinkgelage geplant", murmelte der Säufer.

„Versuchen Sie, alle Ihre Angelegenheiten vor Donnerstag zu regeln, Verzögerungen sind nicht zulässig. Sie wissen selbst um die Folgen", der Anwohner geprägt. – „Also, nächsten Donnerstag treffen wir uns in der Registrierungshalle, wie erwartet, zwei Stunden vor Abflug." Er nahm ein schneeweißes Taschentuch aus seiner Brusttasche, wischte sich den Schweiß von der Stirn, faltete es ordentlich zusammen und steckte es wieder in die Tasche. Als er die gedämpften Agenten ansah, sagte er klar: „Ich habe alles. Jeder ist frei!"

Sie zerstreuten sich in der gleichen Reihenfolge, wie sie gekommen waren.

***

Zur verabredeten Stunde versammelten sich alle am verabredeten Ort, nur der Ingenieur verspätete sich.

Die Sängerin wurde mit einer luxuriösen Limousine zum Flughafen gebracht. Der Chirurg kam mit einem Krankenwagen. Tot betrunken nutzte den vorbeifahrenden Transport.

„Wo ist Markus?", fragte der Bewohner das Publikum und bezog sich dabei auf den Ingenieur.

„Und wer weiß", der Säufer grinste, „Vielleicht schlängelt es sich durch den Gegenverkehr."

„Auf dem Weg zum Flughafen gibt es lange Staus", erklärte der Chirurg.

„Er hat keine Angst vor Staus, Ingenieure in seinem Land fahren ausschließlich mit Fahrrädern", witzelte der Säufer und hickste.

„Wie hast du es geschafft, so gut zu werden?", fragte der Sänger und entfernte sich zimperlich von ihm. „Es ist nicht einmal sicher, in deiner Nähe zu sein. Sivukhoy stinkt wie aus einem billigen Lokal."

„Was wirst du am Ende nicht tun. Ich musste über meinen Kopf springen, um den Erdlingen eine gute Erinnerung zu hinterlassen."

„Ich jetzt, kann ich?", fragte der Chirurg den Bewohner. Er trat beiseite und rief die Klinik an. Nachdem er vom Zustand des Jungen Dima erfahren hatte, gab er die letzten Anweisungen für die postoperative Phase.

„Ich jetzt, kann ich?", fragte der Sänger den Bewohner. Sie trat zur Seite, damit niemand sie hören konnte, und sprach lange mit ihrem Produzenten über etwas.

„Und du?", fragte der Bewohner den Säufer.

„Mir geht es gut, alles ist immer bei mir", antwortete er.

„Na gut", der Bewohner klopfte ihm auf die Schulter.

Es blieben nur noch wenige Minuten, bis das Flugzeug abhob. Der Ingenieur ist nie aufgetaucht. Jetzt war der Bewohner an der Reihe, etwas zu telefonieren.

„Schade", sagte der Säufer und wandte sich an den Chirurgen. „Schade für Mark, jetzt muss er für immer auf diesem Steinbrocken bleiben, der sich um die Sonne dreht, ohne Zukunftsperspektive."

„Ich weiß nicht, ich weiß nicht, irgendwie seltsam", antwortete der Chirurg mechanisch, in seine eigenen Gedanken versunken.

Sie wussten aus erster Hand, welche Konsequenzen ihren Kollegen erwarteten. Vollständige Sterilisierung des Gedächtnisses, was den Verlust der Unsterblichkeit bedeutet, die nicht den irdischen Standards entspricht, und die Verwandlung in einen gewöhnlichen Bewohner des blauen Planeten.

„Ich weiß nicht, ich weiß nicht", sagte der Chirurg nachdenklich.

Das Flugzeug begann sich entlang der Landebahn zu bewegen.

***

Jemand klingelte an der Tür. Die verschlafene Frau öffnete sie. Mark war an der Tür. In seinen Händen hielt er einen Strauß Feldgänseblümchen.

„Die Reise ist abgesagt", freute er sich.

Die Frau sah ihn an und lächelte.

„Nun, Gott segne sie", sagte sie und ließ den Gast in den Flur.

„Ich liebe dich", sagte er.

„Ich auch", antwortete sie.

„Du wirst nicht böse sein, wenn ich keine Gehaltserhöhung bekomme?"

„Nein", lächelte sie. „Ich bin noch jung, ich kann warten."

„Warum kannst du nicht warten?"

„Diese hier", sie bot ihm ihre Lippen für einen Kuss an. Er küsste die Frau heftig, ohne die fremden Herrenschuhe zu bemerken, die im Flur standen und sich hinter dem Türrahmen versteckten.

SPEZIALIST

Die Arbeitslosigkeit ist nicht das Beste, was die Menschheit in der Zeit ihres Bestehens erfunden hat. Ich bin noch jung, gesund und manchmal sogar über mein Alter hinaus weise, ich habe drei Hochschulabschlüsse und beträchtliche Berufserfahrung. Und doch muss eine Fachkraft wie ich heute von morgens bis abends durch die Stadt streifen, vom Müßiggang anschwellen und von Almosen staatlicher Strukturen leben, die Arbeitslose dazu verpflichten, ihre Dienste auf dem Arbeitsmarkt anzubieten wie eine windige Prostituierte. All dies ist ziemlich langweilig, aber wenn Sie nichts tun, können Sie die Hoffnung für morgen verlieren, und die Hoffnung, das versichere ich Ihnen, ist etwas wert.

Ein weiteres privates Hilfsbüro für Überbordgeworfene öffnet mir seine Türen, und ich betrete es wie in großer Not, in der Hoffnung, wenigstens diesmal den Fängen der Umstände zu entkommen.

Das schöne Kürzel TURMUR an der Wand eines kleinen Empfangszimmers regt meine Fantasie mit verlockenden Aussichten an. Aber je länger ich warte, bis ich an der Reihe bin, desto deutlicher wird mir klar, dass die Anzahl der Buchstaben im Titel umgekehrt proportional zu den Beschäftigungschancen ist. Meine traurigen Überlegungen werden von Frau Brus unterbrochen, die mich freundlich in ihr Büro einlädt.

„Guten Tag", begrüße ich sie und hole mit einer gewohnten Geste Dokumente aus der Mappe, die mehr über mich sprechen, als ich über mich sagen kann.

Die Frau wirft mir einen müden Blick zu und beginnt langsam, die Papiere durchzusehen.

„Ich muss nachts schlafen", denke ich mir und bemerke ihre blauen Flecken unter ihren Augen. „Die Nacht ist genau dafür und gegeben", aber dann ändere ich den Ton des Mentors in einen sympathischen: „Sicher, mit einer so idealen Figur kann man sich nicht einmal unter einer Bettdecke erwärmen."

Miss Bruce interessiert sich nicht für meine frivolen Gedanken. „Wir füllen ein Formular aus", sagt sie und holt einen schrecklichen Stapel leerer Formulare aus ihrer Schreibtischschublade. „Aber zuerst", sie lächelt ein wenig, „sag mir, was möchtest du arbeiten?"

Ich weiß, dass er mich nicht verspottet, aber ich verstehe, dass er sich über mich lustig macht, da es mir egal ist, wer, wo und zu welcher Zeit ich arbeite.

„Es spielt keine Rolle", ich werfe die erwartete Bemerkung. „Aber besser von Beruf."

„Sie scheinen ein Baumeister zu sein?", fragt sie, träge interessiert an meinem vergangenen Leben.

„In gewisser Weise haben Sie recht. Eigentlich bin ich diplomierter Architekt", bescheiden, wie in Sünde, gestehe ich.

„Dann lass uns versuchen, etwas mit dir zu bauen, damit du wieder etwas bauen kannst." Frau Brus lacht über ihr eigenes Wortspiel, ich lächle auch und zeige mit meiner ganzen Erscheinung, dass ich ihren Sinn für Humor schätze.

Wir füllen damit eine riesige Anzahl von Papieren, die dem Umfang nach dem dreibändigen „Krieg und Frieden" nicht nachstehen. Es macht mich nicht nervös. Jahrelanges Training wird dich selbst an solche Folter gewöhnen. Inzwischen teilt mir Madame Brus vertraulich mit, dass sie kürzlich ihren Mann verlassen hat, allein lebt, Kinder hat, aber es nicht eilig hat, sich hinter dem Rücken eines neuen Herrn zu verstecken, zuerst müssen Sie sich ausruhen, und das, was zum Teufel, ist kein Scherz. Zum Beispiel wäre es schön, einen Architekten zu heiraten, aber natürlich nur einen arbeitenden.

Es ist schade. Meine Kandidatur fiel ab wie trockener Putz von einer maroden Wand. Stimmt, Frau Brus verspricht mir zu helfen. Ich möchte ihr nicht undankbar in die Augen sehen und stimme zu, für eine rein symbolische Zahlung Hoffnung auf eine bessere Zukunft zu finden.

Nachdem wir die langwierige Prozedur beendet haben, verabschieden wir uns herzlich und ich gehe, mit einem versteckten Groll über das Schicksal, dass ich kein arbeitender Architekt bin.

Einige Zeit vergeht und ich erinnere mich überhaupt nicht an Frau Brus, als ich plötzlich einen Brief von einer Firma bekomme, die sich stolz TURMUR nennt. Bitte kommen Sie zum angegebenen Zeitpunkt an die im Schreiben angegebene Adresse. Und ich gehe die Straße entlang und ziehe Frau Brus in Gedanken aus. Sie begrüßt mich mit einem charmanten Lächeln, wie eine alte Bekannte, und sagt mir, dass sie sich für mich freut, da mich eine der Baufirmen zur Arbeit bringt. Die Arbeit ist fast in der Spezialität, auf Rotationsbasis, obwohl es ziemlich schwierig ist. Bin ich bereit, es zu akzeptieren, fragt sie mich. Diese Frage ist rein rhetorisch, da sie keine andere als eine positive Antwort erwartet.

„Bereit", antworte ich und füge fröhlich hinzu: „Eher."

Mrs. Brus gibt mir die Adresse, wo ich mich zur Arbeit melden muss. Gott, ich liebe sie jetzt schon.

Vor dem Berufseinstieg nehme ich als einer der wenigen Auserwählten gegen eine geringe Gebühr an einem obligatorischen zweiwöchigen Computerkurs teil und erhalte knackige neue Zertifikate für die Arbeit in meinem Fachgebiet. Dann werden alle Glücklichen ins Flugzeug gesetzt und in die herzliche Umarmung des Arbeitgebers geschickt.

Nach der Landung machen wir einen anständigen Gewaltmarsch durch den unterirdischen Tunnel. Der Kopf schwirrt vom Schwefelgeruch und der Brillanz von Kugelblitzen, die wie Sterne am Nachthimmel aufblitzen. Die Geschwindigkeit ist so groß, dass das Bewusstsein keine Zeit hat, damit Schritt zu halten. Endlich lässt das Gebrüll nach und wir kommen an die Oberfläche.

Die Hitze beträgt vierzig Grad im Schatten, man fühlt sich wie in einem Museum. Die Menschen sind mehr als seltsam angezogen, oder besser gesagt nicht angezogen, sondern mehr ausgezogen als nötig. Wir sind eingeladen, uns schnell umzuziehen und unsere Klamotten im Hotel zu lassen, das ohne Sterne ist und eher einer Hütte gleicht. Jeder von uns bekommt einen Lendenschurz, echten Müll und ein hölzernes Gerät, das entfernt einer Hacke ähnelt, die ich in meiner tiefen Kindheit in einem Heimatmuseum gesehen habe. Wir werden in einer Kolonne aufgestellt und nach draußen geführt.

Verrückt nach der Aussicht. Dies ist das alte Ägypten mit seinen kolossalen Pyramiden, die sich gegen den Himmel lehnen, verbrannter roter Erde und gnadenlos sengender Sonne. „Nun, natürlich", denke ich, „wir wurden für archäologische Ausgrabungen rekrutiert. Einerseits ist es lächerlich, aber andererseits ist es irgendwie sogar romantisch."

In der Nähe einer der unvollendeten Pyramiden wird unsere Kolonne von Leuten mit Peitschen in den Händen gestoppt. „Vielleicht wird gefilmt?", geht mir durch den Kopf. „Vielleicht sind wir ein gewöhnlicher Komparse? Obwohl, warum sich freuen, die Statisten werden schlecht bezahlt", knirschte mein Geiz in mir. „Aber es ist romantisch", beruhige ich mich. Ein Peitschenhieb auf den Rücken reißt mich aus romantischen Träumereien.

„Komm schon, komm schon", schreit der muskulöse Aufseher und schlägt mich erneut mit der Rückhand. „Ein Sklave sollte seinen Platz kennen und nicht wie eine faule Fliege schlafen."

„Fass ihn nicht an", unterbricht sein Partner den Aufseher, „das sind Sklaven aus der Zukunft, und die kommen ja nicht sofort in den gewünschten Arbeitsrhythmus."

„Aber das ist mir egal", dröhnt mein Folterer. „Von der Zukunft oder von der Gegenwart, Hauptsache, die Arbeit steht nicht still." Und er schwingt wieder seine schwere Geißel gegen mich.

„Was für blaue Augen er hat", denkt Ani, „blau wie ein azurblauer Himmel. Und seine Augenbrauen und Wimpern sind lang, wie die Finger eines Pianisten (der Weg eines Pfeils, der von einem erfahrenen Handwerker abgefeuert wird). Und die Haarlocken, Ringe ineinander übergehend, Ring an Ring, wie von der Natur eigens geordnet. Ja, um ehrlich zu sein, hat er noch viele andere Vorzüge: Er ist nicht nur gutaussehend, sondern auch gut gebaut und vor allem nicht kleinwüchsig."

Der junge Mann sieht Ani mit seinen klaren Augen an. „Dummkopf", denkt er und kaut vor Appetit ein Stück Kuchen, „ist schon bis zu den Ohren in mich verknallt. Aber die anderen können auch nichts dafür", grinst er süffisant und wischt sich mit einer Serviette den Mund ab.

„Sag mal, warst du auf dem Konzert?" und Ani nennt den Namen einer modischen Berühmtheit. Die stumme Frage in den Augen ihres Gegenübers sehend, fügt sie hinzu: „Ja, ja, er war kürzlich in unserer Stadt auf Tour."

Der Blauäugige schürzt arrogant die Lippen. „Na, er war, na, er sang, na und? Es ist ihm egal, er hat andere Stars und andere Interessen."

„Und hier ist noch einer", beginnt Ani ein neues Thema und versucht, einen jungen Mann aufzustacheln, „ein Mathematiker hat ein unbeweisbares Theorem bewiesen, aber den Preis abgelehnt, können Sie sich das vorstellen? Ich nahm es und nahm es nicht!"

„Einmal bewiesen, dann ist es beweisbar. Wenn du es nicht genommen hast, dann ist eine Million nicht genug", resümiert der Gast eindrucksvoll und schnippt, auf seine leere Tasse zeigend, mit den Fingern, was offenbar bedeutet: „Los geht's, ich will mehr Kaffee!"

Ani gießt vorsichtig eine duftende Flüssigkeit in eine Tasse und achtet dabei darauf, feminin und attraktiv auszusehen.

„Was hältst du von der neuesten Version des iPad?" Sie setzt das Gespräch fort.

„Nichts", sagt der junge Mann beiläufig. „Der Preis im Allgemeinen beißt, aber Sie können im Rahmen des Vertrags in Raten kaufen. Ich halte mich jedoch an die Regel, keine Eheverträge abzuschließen." Er macht eine bedeutungsvolle Pause und sieht Ani an. Nachdem er ihr ihre Anspannung bestätigt, sagt er betont: „Mit Medientechnik, besonders mit iPads", und lacht als erster über seinen Witz.

„Der Schlaue", denkt Ani, „will die Grenzen unserer Beziehung markieren, sagen sie, geh nicht weiter als bis zum Schlafzimmer."

„Aber in der alten Frau ist ein Loch", äußert sie versehentlich ihre Gedanken.

„Und was hat die alte Frau damit zu tun?", wundert sich der junge Mann: „Sie meinen wohl das alte Modell?", und fügt philosophisch hinzu: „Alter ist keine Sünde."

„Ja", denkt Ani, „es ist eine Sünde, eine Sünde, aber du musst leben. Aber was für schöne Augen dieser Schurke hat, nur ein Ozean, blau bis zum Horizont."

Leise öffnet sich die Haustür und Beba betritt den Raum. Der junge Mann schaudert überrascht. Fehler. Er versteht, dass Ani seinen Schreck bemerkt hat.

„Ich liebe nicht, ich liebe nicht, ich liebe nicht", ärgert er sich und zeigt mit dem Finger auf Beba. „Der Gestank und der Greuel!"

„Was bist du", beruhigt Ani ihn, „Meine Beba ist sauber und schlau, es ist nur ein Wunder, es gibt keine mehr." Sie setzt einen offiziellen Blick auf, sagt feierlich: „Erlauben Sie mir, Sie vorzustellen – das ist Beba", und zeigt dem neuen Gast eine respektvolle Geste. „Im Übrigen, wie ist dein Name?"

„Taktlos", spielt er mit, „taktlos von dir."

„Was ist taktlos? Nein, nein, lass dich nicht ablenken, aber beantworte meine Frage. Wie heißen Sie?"

„Batiushka?", fragt er und wendet sich an Baba.

„Ja, sogar für meine Mutter", antwortet Ani für sie.

„Ja, interessieren Sie sich schon für meine Passdaten? Brauchen Sie meine Fingerabdrücke?"

„Im Moment kannst du deine Finger behalten, aber für mich bitte deinen Namen!", beharrt Ani.

„Mein Name ist Neuron", sagt der blauäugige Mann leise und errötet ein wenig.

„Treffen Sie Beba, das ist Neuron, derjenige, der Rom niedergebrannt hat", sagt Ani, erstickt vor Lachen und rät Beba: „Versteck die Streichhölzer! Streichhölzer von Neuron sind kein Spielzeug!"

„Namen wie das Mutterland werden nicht gewählt", murmelt Neuron verärgert.

„Du hast recht", stimmt Ani mit einem unbestreitbaren Argument zu. Sie streckt jedoch die Hand aus und nimmt das Feuerzeug vom Tisch. „Nur für den Fall", sagt sie entschuldigend. „Assoziationen, wissen Sie, können aufdringlich sein." Sie steht so entschlossen auf, als wolle sie sich keine Einwände anhören. Aber anstatt etwas Sinnvolles zu sagen, fügt sie prosaisch hinzu. „Ich bin in der Küche, sofort hin und her", aber tatsächlich eilt er zur Toilette.

Beba kommt Neuron nahe.

„Nun, ich habe dir geglaubt", sagt der Blauäugige laut, hebt es mit dem Fuß auf und schickt es zimperlich in die Luft Richtung Sofa.

Aus solch demonstrativer Respektlosigkeit fegt ein Gedankenwirbel durch Bebas Gehirn, den niemand auszusprechen wagen würde. Das Harmloseste in ihrer mentalen Tirade war das Wort „Bastard!"

Auf der Couch angekommen, bekommt Beba sofort ein Gefühl der Unterstützung und fällt Neuron nach dem Start zum Rückflug mit einem Sprung direkt auf die Knie. Ihre Vorderpfoten ruhen auf seiner Brust, noch eine Bewegung und ...

Ani betritt den Raum. „Wunderbar", schnurrt sie, „ich sehe, du hast dich schon verstanden." Sie nähert sich der Katze und streichelt sanft ihren Rücken. „Trotzdem, wie ästhetisch", denkt sie, „blau auf schwarz."

„Nun, wie gefällt sie dir", fragt sie Neuron, „ist sie wirklich schlau?"

„Du weißt es besser", sagt er vorsichtig, „aber ich bevorzuge Hunde."

„Natürlich", stimmt Ani zu, „wer würde das bezweifeln." Sie seufzt und fügt hinzu: „Um die Wahrheit zu sagen, Beba hat ein Temperament. Ich würde sagen – Hundecharakter. Kannst du dir vorstellen", Ani flüstert, „sie ist eifersüchtig, wie eine Füchsin."

„Gab es irgendwelche Gründe?" Neuron zieht spöttisch die Augenbrauen hoch. „Denken Sie daran, Othello ist im Vergleich zu mir ein Jugendlicher."

„Was sind die Gründe, der Herr ist mit dir", seufzt Ani. „Er lässt mich nicht einmal am Telefon sprechen." Sie streichelt die Katze, die sie mit ihren geheimnisvollen ägyptischen Augen anstarrt. „Hier würdest du versuchen zu reden, wenn Baba in einer Minute schon an dir hängt und sich mit all ihren scharfen Krallen an deine Beine klammert. Der Bastard klatscht nicht einmal. Hängt, bis das Telefon ausgeschaltet wird."

„Ich kann dich beneiden", der junge Mann, sein Lächeln verbergend, sieht Ani abschätzend an. Dann, wie aus Versehen, schüttelt er Baba von den Knien und macht eine einladende Geste: „Voila, Madam, der Platz ist frei!"

„Wie schlau du bist", antwortet Ani, „beeil dich wie ein Neuron in einem Beschleuniger."

„Da sind Elektronen im Beschleuniger", korrigiert er.

„Lass die Elektronen", stimmt sie ihm zu. „Aber egal, du solltest besser sitzen bleiben, wo du bist."

„Wie lange?" Neuron läuft ungeduldig auf sein Ziel zu.

„Nun, Quatsch!", denkt Beba und verlässt den Raum.

In Neurons Hosentasche klingelt nervtötend das Handy.

„Entschuldigung", sagt er zu Anya, steht auf und folgt Beba in den Flur.

„Du schuldest mir was", erinnert ihn die Stimme aus dem Handy ohne Gruß. Ich hoffe, du hast es nicht vergessen.

„Ich erinnere mich", antwortet Neuron leise.

„Welches Datum ist heute?", fragt die Stimme.

„Der erste September."

„Du sagst, ich erinnere mich, aber tatsächlich habe ich es vergessen. Das ist belastend. Willst du einen neuen Weltkrieg?"

„Ich werde es zurückgeben."

„Und wo gehst du hin, natürlich gibst du es zurück", sagt die Stimme mit falscher Zuneigung, „Hauptsache pünktlich. Also los, kapitulieren Sie, bevor der Krieg beginnt. Hörst du, Testosteron?"

„Mein Name ist Neuron."

„Ja, sogar ein Esel!", höhnt die Stimme. „Ich warte auf dich. Wo, weißt du."

„Lass uns morgen gehen", fragt Neuron, „ich kann heute nicht."

„Was ist los?" fragt eine empörte Stimme. „No mura: keine Erdrutsche, keine Erdbeben, keine Überschwemmungen. Geld und das ist es!"

„Nun, versteh mich wenigstens als Mann", jammert Neuron.

„Was bist du, auf einer Frau?" Die Stimme ist spöttisch interessiert.

„Fast!"

„‚Fast' zählt nicht", die Stimme bricht ab, „meine Geduld ist nicht aus Gummi. Also solltest du dich beeilen, Chromos, damit ich dir keinen Leichenwagen bestellen muss."

„Was für ein Bastard!", denkt Neuron empört und bekommt in diesem Moment einen unerwarteten heftigen Schlag ins Auge.

Kann Beba verpassen?

Blut fällt in regelmäßigen Tropfen auf Neurons weißes Hemd, wie Aquarellfarbe vom Pinsel eines Künstlers.

Einen lauten Schrei und dann Neurons Fluchen hörend, rennt Ani in den Flur. „Was ist hier los, Leute?"

„Dieser Bastard Baba ist direkt zu mir ..."

Ani wartet nicht auf Erklärungen, ihr ist sowieso alles klar. Sie rennt in die Küche, öffnet die Schranktüren und durchwühlt den Erste-Hilfe-Kasten nach den passenden Medikamenten. Wie es der Zufall will, klingelt um diese Zeit wieder das Handy.

„Was erlaubst du dir?", die Stimme ist empört, „wenn ich mit dir rede, wagst du nicht abzuschalten, hörst du?"

„Ja, ich gehe schon, ich gehe!", schreit Neuron nervös, reißt Anya eine Art Flasche samt Pflaster aus der Hand und verschwindet aus der Wohnung.

„Was hast du getan, du Bastard?" Ani schreit Beba wütend an und schüttelt sie wie einen Lappen an ausgestreckten Armen. „Du hast seine Augen von ihm abgewandt. Jetzt hat er ein blaues und ein braunes Auge, verstehst du?"

Und plötzlich versteht Ani selbst: „Wieso? Das kann nicht sein!!!"

„Nun, das kann natürlich nicht sein", wiederholt sie vor sich hin. Sie wirft die Katze beiseite und hebt eine blaue Linse vom Boden auf, die in einem Lichtstrahl aufblitzte, der nach Bebas gezieltem Schlag heimtückisch aus Neurons Auge fiel.

„Hör zu", sagt sie zu der Katze, „er ist gar nicht blauäugig!" Aber nachdem sie nachgedacht hat, sagt sie entschlossen: „Na, lass es sein! Nicht jeder kann von der Geburt bis zum Wahnsinn blauäugig sein." Vorsorglich droht sie der Katze mit dem Finger: „Du verhältst dich wie ein Wilder! Wenn du das noch einmal machst, schmeiß ich dich einfach auf die Straße!"

Ani geht direkt zum Zimmer, wird aber unterwegs von einem Telefonanruf aufgehalten. Das ist Neuron.

„Tut mir leid, Liebes", sagt er, als würde er wie von selbst auf „Sie" umschalten, „ich bin in einer Stunde zurück. Dürfen?"

„Wie geht es deinen Augen? Alles ist in Ordnung?" Ani macht sich Sorgen und im selben Moment spürt sie ein lebendes Gewicht an ihrem Bein hängen. In einem Anfall von Eifersucht kratzt Beba wieder mit ihren Krallen an ihren schmerzhaften Hieroglyphen.

„Nun", Ani ist verärgert, versucht erfolglos, die Katze von sich wegzureißen, „gestern neue Strumpfhosen gekauft, heute neue Löcher gekauft."

„Nichts mit dem Auge", antwortet Neuron, „Alltagsgeschäft. Sobald sie den Wangenknochen genäht haben, renne ich sofort zu dir. Macht es Ihnen etwas aus?" Sowohl die Bitte als auch die Verspieltheit sind in seiner Stimme zu hören.

„Mir egal", antwortet Ani automatisch.

„Ich wusste, dass es möglich ist. Du verstehst dich, du kannst nicht nach Hause gehen, die Alten werden ohnmächtig. Und so habe ich ein paar Tage perekantuyus", rechtfertigt Neuron.

„Was?", wundert sich Ani. „Wie?"

„Aber du hast gesagt, du könntest."

„Ja, irgendwie kommt alles unerwartet. Immerhin kennen wir uns ohnehin ein Jahr die Woche. Und es wird keine zwei Tage geben", rechtfertigt sich Ani.

„Nun, es ist wie zu schauen. Zwei Tage seien auch eine Frist", sagt Neuron überzeugt. „In zwei Tagen können Sie ein Fenster zum Universum öffnen, Perpetuum Mobile starten und sogar die Welt in der ersten Lesung kennenlernen."

„Natürlich kannst du es wissen", murmelt Ani und findet keine Gegenargumente.

„Außerdem bin ich verwundet", schlägt Neuron Mitleid auf.

Unerwartet für sich selbst sagt Ani leise, fast mit den Lippen: „Es ist möglich."

Beba rutscht selbst von ihrem Bein und, ihren Schwanz mit einem Segel hissend, steuert auf die Haustür zu und demonstriert völlige Verachtung für ihre Herrin. „Ihr Frauen seid alle Katzen!", denkt sie verächtlich und verzerrt Anyas beleidigendes Versprechen: „Ich schmeiß euch raus! Ich schmeiß dich raus!"

Das hat mir auch Angst gemacht.

Du wirst es nicht bekommen!

ICH WERDE SELBST GEHEN

DU HAST RECHT, ALTER MANN!

Ein Verwandter kam uns besuchen. Auf dem Höhepunkt der Saison. Genau in dem Moment, wo kein Apfel auf die Böschung fallen kann; wenn Busse mit Touristen in einem endlosen Strom rauschen und ihnen nicht erlauben, ruhig auf die andere Straßenseite zu gelangen; wenn alle Hotels voll sind und alles von der Fauna, die sich bis vor kurzem bewegt hat, absorbiert wird, wird alles, was geschüttet wurde, getrunken; wenn sich die Gerüche des Meeres und der tropischen Flora kühl mit den Schweißgerüchen und Parfüms der Urlauber mischen.

„Das ist wahrscheinlich ein entfernter Verwandter deines Papas, von dem noch nie jemand etwas gehört hat", grummelt Mama und schaut auf die Veranda, wo Papa in einem Haufen Metallschrott herumstöbert.

„Oh, Oblique, das ist ein Schlag unter die Gürtellinie!" Papa ist verzweifelt empört, aber gleichzeitig, damit Mama ihn nicht hört. „Es gibt viel Arbeit: Es gibt ein Auto und Angeln und ... Im Allgemeinen werden die Verwandten meiner Mutter wie immer alle Himbeeren verderben. Oh, Oblique, das ist ein Tiefschlag!"

Ich allein bin ruhig, ich weiß, dass ich mich noch um unseren Verwandten kümmern werde. So war es, so ist es, so wird es sein.

„Der Wohnort musste richtig gewählt werden." Ich werfe meinen wunden Vorwurf direkt auf den kahl werdenden Scheitel meines Vaters, der über den Tisch gebeugt ist.

„Denke daran, Sohn, wir wählen nicht den Wohnort, sondern er uns", erwidert Papa, ohne von seinen Suchen in den Schlosserblockaden aufzusehen. „Klar?"

„Name, Foto, Ankunftszeit?", verlange ich.

„Gut gemacht, Sohn, du verstehst die Situation richtig." Der Vater nickt und zieht einen zerknüllten Zettel für 20 Euro aus seiner Hosentasche. „Das Mutterland wird dich nicht vergessen."

„Sag deinem Heimatland, dass die Inflation bereits über 4 Prozent liegt", sage ich und verstecke das Geld in meiner schäbigen Brieftasche.

„Mutterland ist keine Bank", beendet der Vater die Debatte zu einem freien Thema.

„Schade", sage ich ihm, während ich unbekannte Verwandte treffe.

***

Ein kräftiger Bursche erwartet mich am vereinbarten Platz. Ein grauer Bart, der sich auf seinem Kopf in ein kurz geschorenes Bündel verwandelte, der Geruch von Alkohol vermischte sich mit dem Geruch von teurem französischem Eau de Cologne, entweder aus seinem Mund oder aus seiner gesamten Aura. Dazu kommt der voreilige Wunsch, so schnell wie möglich erkannt zu werden.

„Nun, mein Sohn", er Bariton, „wusstest du das?"

„Ich habe es herausgefunden", lüge ich.

„Sofort?"

„Und dann!"

„Gut, erledigt!" Er freut sich wie ein Kind. „Ich lobe dich, du leidest nicht an einer langsamen Reaktion."

Eine Flugbegleiterin kommt auf uns zu.

„Herr", sie richtet an meinen Gesprächspartner. „Du hast vergessen, hier", und sie überreicht meiner Verwandten ein großes grünes Päckchen, das mit einer dicken Schicht Siegellack versiegelt ist.

„Nun, danke!" Er lächelt und nimmt das Paket. „Für einen solchen Service und einen Kuss ist es nicht schade."

Die Stewardess weicht seinen Lippen geschickt aus, wie ein Boxer im Ring nach einem tödlichen Schlag auf den Kiefer von links, und zum Abschied winkt sie uns von der Menge zu, die vom Flughafen in die Stadt strömt.

„Warum ist es so schwierig?", frage ich ihn.

„Sprechen Sie über einen Namen? Du kannst mich einfach Ham nennen, schlägt er vor." Obwohl „Mister" eine Besonderheit ist.

***

Ich gehe mit Ham von sieben Uhr abends bis neun Uhr spazieren, wie alle unsere Verwandten, die unerwartet zu uns kommen. Die Route ist bekannt: punktuell die Stadt, tangential die Böschung, zwangsläufig die Mole, an der, wie jemand philosophisch anmerkte, die letzten Träume vom Meer zerbrochen sind.

„Langweilig", wendet Ham ein und bietet seine unprätentiöse Art an, die Zeit totzuschlagen: einen schweren Aperitif, ein leichtes Abendessen und Entspannung für die Seele.

„Der Nobelpreis reicht nicht aus, um die Seele zu erholen", versuche ich dem Gast zu argumentieren.

„Unsinn", widersprach Ham. „Die Seele ist jetzt nichts wert, weil die Inflation schon 4 Prozent beträgt."

Wir stehen mitten auf einem kleinen Platz und Ham sieht sich stirnrunzelnd um.

„Hier war mal eine gute Kneipe", sagt er und zeigt unsanft auf ein zweitklassiges Imbiss mit schiefem Schild. „Es war einmal, bevor ich auf die Jagd nach Flusspferden ging, habe ich hier immer meine Erinnerung gekostet."

„Eine schäbige Institution", kichere.

Aber es gibt nichts zu tun und wir gehen in die Bar. Hinter der Theke steht ein Barkeeper von unbeschreiblicher Größe. Ham schluckt sofort zwei Schüsse Whiskey hinunter und Glückseligkeit strömt in einer Welle über sein Gesicht.

„Du hast recht", sage ich und sehe zu, wie die Ruine vor meinen Augen zum Leben erwacht.

„Tja, siehst du", freut sich Ham und fühlt sich in seinem Element. „Ich sagte doch, das Getränk hier ist ausgezeichnet." Er zwinkert erst mir und dann dem Barkeeper verschwörerisch zu.

„Und übrigens, eine gute Jagd auf Flusspferde", antworte ich und zwinkere der Reihe nach zuerst der Bardame und dann ihm zu.

Ham lacht, so dass die Meereswellen sein schallendes Gelächter für ein Erdbeben halten und der Ozean zu stürmen beginnt.

„Das Nilpferd tankt man am besten an Land, dort braucht man nicht einmal eine Waffe, ein kräftiger Stock und ein zielgenauer Schlag zwischen die Beine des Biests reichen. Aber Gott bewahre, mit ihm allein im Wasser zu sein. Hier und ‚Big Bertha' wird nicht helfen."

Ich nicke dem Barkeeper zu. Meinst du sie?

„Nein, dieser ist zu klein." Ham winkt kichernd ab und erklärt, dass der Mörser namens „Big Bertha" von den Fritz erfunden wurde und sie im Ersten Weltkrieg mit seiner Hilfe erfolgreich französische und belgische Forts beschossen haben.

„Die erste ist, wann, die NATO?", frage ich.

„Oh, du Ignorant!"

Ich bin nicht beleidigt, ich habe schon lange aufgehört zu zählen, wie viele Fehler ich schon gemacht habe und wie viele noch kommen werden. Der Raum ist schließlich unendlich.

***

„Setz auf Null", flüstert mir Ham ins Ohr.

„Und warum ist das?" Ich bin mir nicht sicher.

„Zero wird uns helfen!" Er klopft mir auf die Schulter.

„Wir haben kein Geld mehr", schlage ich auf meine leeren Taschen.

„Unsinn. Null und Punkt! Wir werden jetzt definitiv gewinnen."

„Wie früher? Ich glaube nicht!"

„Wir gewinnen", betont er. „Früher wollten wir die ganze Bank sprengen, aber jetzt setzen wir ausschließlich auf zwei Schüsse Whisky und gewinnen. Ich werde das Roulette mit einem Blick stoppen, wo es notwendig ist."

„Okay." Ich stimme müde zu und stelle Null auf.

Der Ball dreht sich lange und stellt unsere Geduld auf die Probe, bis er seinen Lauf einstellt.

„Null", sagt der Croupier gleichgültig.

„Warum hast du das nicht schon früher gemacht?", frage ich Ham.

„Nun, ich habe dir gesagt, dass du das Wichtigste im Leben wählen musst. Und im Moment sind uns zwei Whiskys wichtiger als die ganze Bank dieses Hauses. Schließlich werden wir heute nicht mehr als zwei Portionen bewältigen können."

„Nun, du gibst, zerfetzter Philosoph!" Ich bin empört, obwohl ich verstehe, dass sie nach einem Kampf nicht mit den Fäusten winken.

***

„Was machst du?", frage ich Ham auf dem Heimweg.

„Tja, im Moment suche ich einen Ort, an dem ich in Ruhe meine Seele baumeln lassen kann."

Wir schießen Feuchtigkeit mit einem Wams auf einen dicken Baum mit einer sich ausbreitenden Krone.

„Weißt du übrigens, wie sich ein Mensch von einem Tier unterscheidet?", fragt Schinken.

„Zuerst ..."

„Und drittens ist es gar nicht so, wie du denkst", unterbricht er mich. „Ein Mensch sucht immer nach einem Baum oder einem Zaun, um die Seele zu entlasten, aber für ein Tier ist dies überhaupt nicht notwendig."

„Was machst du?" Ich wiederhole meine Frage.

„Und hier ist, was Gott der Seele anlegt", entlässt Ham.

„Mit anderen Worten ..."

„Mit anderen Worten", er unterbricht mich, „mit anderen Worten, ich bin Schriftsteller."

„Haha, ich glaube es nicht." „Dass ich keine Schriftsteller gesehen habe!"

„Nun, es gibt verschiedene Schriftsteller", rechtfertigt er sich. „Wir, die Menschen, sind nicht dazu gemacht, wie eine Blaupause auszusehen. Manchmal ..."

„Hör zu", unterbreche ich, weil ich keine betrunkenen Lügen hören will. „Und wessen Verwandte sind Sie denn: Vaters oder Mutters?"

„Was macht es aus? Hauptsache, ich gehöre dir." Ham klopft mir freundlich auf die Schulter.

„Du hast recht, alter Mann!" Ich stimme ihm zu.

„Morgen um 17 Uhr werde ich zu Hause sein."

„Und wo ist dein Haus?"

„Planet Saturn."

„Ist dort die gute Nilpferdjagd?" Ich spiele mit.

„Eh", klagt Ham, „eine gute Jagd auf ein Nilpferd war vor etwa hundert Jahren, und selbst dann nur in Afrika."

„Also, es lebe Afrika!", rufe ich und zeige in eine unbestimmte Richtung, wo nach meinen Vorstellungen der schwarze Kontinent liegen sollte.

„Es lebe!" Schinken hebt ab.

„Nun, du bist ein Lügner, alter Mann, nach solchen musst du noch suchen!" Ich lache.

***

Am nächsten Tag bringe ich Ham zum Flughafen.

„Welchen Flug nehmen Sie?" Ich bin interessiert.

„Schau nicht", sagt er, „er ist nicht auf der Online-Anzeigetafel."

„Das passiert nicht."

„Das passiert", lacht er.

„Man kann nicht dorthin fliegen, wo es keine Straße gibt."

„Stimmt nicht, man kann nicht dorthin fliegen, wo man nicht erwartet wird. Du kannst nicht zurück, aber du kannst immer wegfliegen", sagt er mir und fügt hinzu: „Oh, du zerfetzter Philosoph!"

„Nein, ich frage mich immer noch, seit wann fliegen Flugzeuge von einem regulären Flughafen zum Planeten Saturn?"

„Das war schon immer so", sagt Ham nachdenklich, „aber irgendwie merken wir es kaum."

Ich bringe einen Verwandten in die Kontrollzone.

„In Ordnung, alter Mann", sage ich ihm.

„Auf Wiedersehen!"

„Besser auf Wiedersehen!"

Wir umarmen uns.

„Ich stimme zu, komm schon, auf Wiedersehen!" Ham holt aus seiner alten Segeltuchtasche und reicht mir ein grünes Päckchen mit Wachssiegel.

„Schwer", sage ich. „Ich hoffe, es sind keine gestohlenen Juwelen drin?"

„Dies ist mein letzter, noch unveröffentlichter Roman. Du musst es nicht erarbeiten. Wenn etwas – veröffentlicht wird, ist das Urheberrecht nicht mehr wichtig."

„Und dass Ihre Romane auf Saturn nicht gefragt sind?"

„Ich habe es vor hundert Jahren geschrieben, aber nie jemandem gezeigt. Meiner Meinung nach ist er der Beste!"

„Was, Ufer für einen regnerischen Tag?" Ich habe ironischerweise das Paket versteckt. „Nun, tschüss, du zerlumpter Erfinder!"

Ich winke mit der Hand. Ham verschwindet hinter der Abstiegsbarriere. Ich mische mich unter die Menge der Trauernden.

„Liebe Fahrgäste! Das Raumschiff fliegt in zwei Minuten zum Saturn", höre ich eine Durchsage im Radio. „Boarding abgeschlossen."

„Was für eine Fantasie!", blitzt mir durch den Kopf und ich wiederhole laut: „Das Raumschiff fliegt in zwei Minuten zum Saturn."

„Zum Saturn?" Die Empfangsdame sieht mich seltsam an. „Willst du nicht nach Vega gehen, Junge?"

„Aber sie haben es gerade angekündigt", ich werde rot.

„Jung und bereits beim Trinken oder Drogenkonsum treten Halluzinationen auf. Wo suchen die Eltern?"

„Ja, ich trinke nicht", rechtfertige ich mich, „und ich steche nicht."

„Dann sag mir, wohin ich fliegen soll!"

„Wohin", sage ich. „Die Landung ist sowieso schon vorbei!"

Zu Hause erinnere ich mich an Hams Paket und öffne es. Es enthält handgeschriebene Seiten: Ernest Hemingway, ein Datum, ein paar Kritzeleien, den Hafen von Key West.

„Also ja", denke ich. „Nun, warum nicht lesen!"

SHUTTLES

Der alte Mann untersuchte, ging um eine kleine Lichtung herum auf und ab und trug die Ergebnisse dessen, was er sah, in ein Notizbuch ein. Dann schaltete er den tragbaren Autonavigator ein und hielt, nachdem er das gewünschte Bild auf dem Display erhalten hatte, an der angegebenen Stelle an. Er rief den jungen Mann zu sich und befahl: „Grab!" Er nahm eine geschärfte Bajonettschaufel und begann zu graben. Er mochte den Vorgang eindeutig nicht, aber es gab keinen Wunsch, dem Ältesten nicht zu gehorchen. Der Untergrund war überraschend weich und nach kurzer Zeit war der junge Mann fast in dem von ihm gegrabenen Loch verschwunden.

„Es läuft wie am Schnürchen", stellte er zufrieden fest und bezog sich entweder auf den alten Mann oder auf die Schaufel. „Ein bisschen mehr und wir kommen zum Mittelpunkt der Erde."

„Wir brauchen das Zentrum nicht", sagte der alte Mann. „Gehen Sie nach links."

Eine Krähe, die auf einem alten Baum saß, krächzte laut.

„Was, Anathema schrie?" Der alte Mann sprach ohne Bosheit. „Du wirst dir immer noch Ärger einhandeln."

„Wie man etwas zu trinken gibt", bestätigte der junge Mann.

„Und du schwärmst", befahl ihm der Alte, „lass dich nicht ablenken. Bis zum Mittagessen ist es noch ein weiter Weg."

„Vor dem Mittagessen, mindestens vier Stunden, Großvater."

„Nun, widme sie deiner Schaufel, so wie Julius Cäsar seine außerschulische Zeit Kleopatra gewidmet hat", kicherte der alte Mann. „Mit anderen Worten, liebe sie sehr, schwärme das ganze Bajonett, das in den Schoß der Erde eindringt."

„Wenn du auf dich hörst, Großvater", sagte der junge Mann und wandte sich wieder der Schaufel zu, „und du wirst keine Archäologie machen wollen."

„Er wird nicht krank", sagte der alte Mann schwerfällig. „Archäologe zu sein ist eine Ehre. Und Ehrungen müssen gesammelt werden wie alte Münzen", fügte er hinzu und sah den jungen Mann vorwurfsvoll an. „Sei nicht wählerisch, Sim. Unsere Dienstreise endet am Abend, also müssen wir bis Mittag fertig sein, sonst werden wir nicht gesund. Lassen Sie uns in vollen Zügen leuchten."

Stattdessen antwortete Sim der Krähe mit einem so unverschämten und krächzenden Krächzen.

„Warum schweigst du?" Der alte Mann ließ nicht nach.

„Ich bin beschäftigt", murmelte Sim, der bereits kopfüber in dem gegrabenen Loch verschwunden war. „Wenn Sie etwas wissen müssen, wenden Sie sich an meine Sekretärin." Er hielt ein Bajonett mit schwarzen Erdklumpen an der Schaufel fest und zeigte in Richtung der Krähe.

„Arbeite hart, arbeite hart", ermutigte der alte Mann Sim.

Zuerst begann der junge Mann, Knochen aus der Grube zu holen.

„So wie ich es verstehe, ist dies ein menschliches Konstrukt", sagte der alte Mann und untersuchte sorgfältig die Knochen. „Und höchstwahrscheinlich – nicht einer."

„Nun, sie haben sich hier gestritten." Die Worte des jungen Mannes flogen wie aus der Erde heraus.

„Warum denkst du so?"

„Zu viele rostige Waffen", sagte Sim.

„Wir sind also auf dem richtigen Weg", stellte der alte Mann zufrieden fest. „Roy, mein Sohn, Roy."

„Die Hand eines anderen hindert mich daran, tiefer zu gehen", beschwerte sich Sim bei dem alten Mann, gegen einen Stein gelehnt, damit er nicht hängenbleibt.

„Etwas an sich oder beim Besitzer abgeben?" fragte der alte Mann und näherte sich dem äußersten Rand der Grube.

„Mit dem Besitzer", sagte der junge Mann nach einer Pause.

„Reiß sie zur Hölle", befahl der Großvater. „Wir brauchen keine Meisterhände."

„Wie Sie befehlen", stimmte der junge Mann zu und die Arbeit begann noch heißer zu kochen.

„Ja", sagte der Großvater nachdenklich, „es gab etwas, wofür man kämpfen musste.", Vorsichtig und vorsichtig eine kleine, von der Zeit verwöhnte Truhe von Sim zu nehmen, damit sie, Gott bewahre, unterwegs nicht zerbröckelte.

Sie beugten sich beide darüber und warteten darauf, dass es sich öffnete.

„Komm schon", schlug Sim vor, „öffne die Türen."

Der alte Mann hob langsam den Deckel. Eine riesige Anzahl großer Edelsteine und Goldbarren ruhte friedlich in der Truhe.

Nach einer Pause schaufelte der alte Mann mit seinen sehnigen Fünfen so viel heraus, wie der Inhalt der Truhe hineinpasste, und warf mit den Worten „Noch eine Scheiße" die Schätze in die Grube.

„Wirklich kein Glück?" Er sprach wieder.

„Und warum auf diesem Planeten Menschen sich gegenseitig das Leben nehmen könnten für irgendeinen Schmuck", fragte traurig der müde Sim den alten Mann.

„Vielleicht wurden sie mehr respektiert als sie selbst", antwortete er.

„Wann fährt das Raumschiff ab, Großvater?"

„Wir haben noch eine Stunde", antwortete der alte Mann und winkte verzweifelt mit der Hand. „Wir kommen zusammen." Wieder kein Glück.

„Schade." Sim hat versucht, das zerstörte Loch nicht anzusehen. „Auch ein Hin- und Rückflug rechnet sich nicht. Mit diesem, was wir gefunden haben, ist es sogar eine Schande, auf dem Markt zu erscheinen."

„Macht euch bereit", befahl der alte Mann noch einmal streng. „Du hast nichts vergessen?", hat er gefragt.

„Nein, es scheint, dass alles bei mir ist", antwortete der junge Mann und klopfte auf seine Taschen, als wären sie verführerische Orte für Frauen.

„Sie werden also ohne Kopf nach Hause zurückkehren, wie ein bekannter Reiter?"

Sim berührte verständnislos seine Krone.

„Ich habe den Kopf verloren", stimmte er seinem Großvater zu.

„Geh und nimm es, sonst bekommst du eine Erkältung", befahl der alte Mann. „Was soll ich deiner Mutter sagen?"

Sim sprang in das von ihm gegrabene Loch, in dessen Ecke seine von ihm vergessene Baseballmütze lag.

„Gefunden?", fragte der alte Mann.

„Gefunden", antwortete Sim irgendwie seltsam und holte aus dem Loch heraus, wofür sie zu einem fernen Planeten geflogen waren und wonach sie suchten, um sich irgendwie zu Hause zu ernähren.

„Es war in der Nähe", Sim zeigte mit einem Blick seine Baseballkappe, „oder besser gesagt, sein Stiel ragte aus dem Boden."

„Gut gemacht", rief der alte Mann glücklich aus. „Es wird genug für zwei geben, so sehr, dass es nicht genug scheint." Und wieder lobt er Sim. „Gut erledigt."

Der Großvater holte eine sterile Serviette heraus, zog OP-Handschuhe an und legte den Fund sorgfältig ab – einen dunklen Stummel eines Blechlöffels, der von Sim vom Boden gereinigt wurde und in den Sonnenstrahlen, die für einen kurzen Moment auftauchten, mit einer Facette funkelte.

„Gott, was für eine Schönheit", flüsterte der alte Mann rührend.

„Ja", bestätigte Sim, „es ist nicht schade, sein Leben für sie zu geben." Sie bewunderten weiterhin ihren Fund, ohne die Krähe zu bemerken, die wie ein Wirbelwind flog. Sie packte den Löffel mit ihrem scharfen Schnabel und breitete ihre Flügel aus und flog nach oben.

„Was machst du?!", schrie der Großvater überrascht und fasste sich ans Herz. „Gib es zurück, du Bastard", schrie Sim ihm hinterher, „sonst hole ich nach, ich ziehe alle Federn aus meinem Schwanz."

Die Krähe kreiste lange über den krächzenden Tieren, bis sie ihrer überdrüssig wurde und, den Löffel fester im Schnabel haltend, ihren Geschäften nachflog. Schließlich war sie noch keinem Raumschiff begegnet, das eine Krähe einholen konnte.

HAREM

Die Nachricht ging durch den Harem: „Unser Meister hatte seine männliche Kraft verloren."

Die Völlerei für das weibliche Geschlecht des Sultans war schon immer sein Markenzeichen. Aber jetzt ... Die Frauen begannen, sich gegenseitig ein für ihren Herrn unangenehmes Gerücht ins Ohr zu flüstern. Und was für geliebte Frauen im Allgemeinen nicht akzeptabel ist – sie begannen heimlich von Konkubinen herauszufinden, die einen niedrigeren Rang hatten, wie sich der Sultan in Stunden der Liebeseinsamkeit auf dem Bett verhält.

Früher hörte Ali Pascha nicht auf Klatsch, er glaubte unbegrenzt an sich. Aber jetzt ...

„Es wäre besser, einen schwierigen Feldzug zu verlieren", dachte er wie jeder Mann, „als sich in nächtlichen Vergnügungen zu blamieren." Das Schlimmste war, dass er sich in diesem Moment in eine seiner neuen Frauen verliebte, die von einer Leidenschaft von außerordentlicher Stärke für sie entflammt war. Doch dann erwartete ihn eine herbe Enttäuschung.

Oder war es vielleicht eine Krankheit, die heimtückisch auf ihn wartete und ihn mit ihrem giftigen Stich traf, wie eine hungrige Schlange einer verweilenden Springmaus in den Dünen einer heißen Wüste?

Vielleicht? „Nur ein Toter kann nichts tun", versuchte sich der Sultan aufzuheitern und rief sofort die besten Heiler zu sich. Hofarzt zu sein bedeutet, in Gold zu baden und Vogelmilch zu trinken. Aber gleichzeitig ging jeder der Auserwählten auf der Schneide eines Messers und erinnerte sich an die harte Disposition des Sultans. Ihr Meister stand nicht auf Zeremonien mit den Schuldigen: Einer der armen Kerle, der eine wundersame Heilung für Kahlköpfigkeit anbot, befahl er einfach, sich den Kopf abzuschneiden, weil er, andere anweisend, selbst kahl blieb, und Ali Pascha schnitt ihm die Zunge ab zu einem anderen, weil er versprach, die ursprüngliche Schönheit zurückzugeben, während er seine Zunge weiß von Plaque zeigte, weil es unmöglich war, sie hinter dem Zaun seiner neuen, nicht gewachsenen Zähne zu verstecken.

Ärzte, mit niedergeschlagenen Augen, zuckten die Achseln und unterschrieben ihre eigene Ohnmacht. Der Sultan verzieh die Mittelmäßigkeit nicht und ihnen wurde wie in einem Bach das Unnötige vorenthalten: einige – männlicher Stolz, einige – Köpfe.

Der Wesir, der einzige, auf dessen Hilfe der Sultan zählen konnte, erschien in seinem Schlafgemach, wo Uneingeweihten der Zutritt streng verboten war.

„Herr", sagte der Wesir auf Befehl von Ali Pascha, mit Mühe, die Knie zu heben, „der Name der Hexe ist Sabba, und sie lebt in einer schwer zugänglichen Berghöhle." „Der Weg zu ihr ist nicht eng", fuhr er fort, „und du wirst selbst zu ihr gehen müssen, da du sie nicht zu dir rufen kannst." Er verneigte sich tief, als würde er um Vergebung bitten. „Der Legende nach wird sie, wenn sie die Höhle verlässt, all ihr Wissen und ihre Fähigkeiten verlieren, die sie als Vermächtnis, wie die Leute sagen, vom Propheten selbst erworben hat."

„Sabba", nachdenklich gedehnt Ali Pascha. Vor seinem geistigen Auge erschien eine neue Frau in all ihrer aufregenden Schönheit. Es war unmöglich zu zögern. Der Sultan nickte und sagte: „Morgen vor Sonnenaufgang." Er sagte nichts mehr.

***

Am nächsten Tag, als die Sonnenscheibe im fernen Osten noch in süßem Schlummer lag, machten sich die beiden Reisenden auf den Weg. Ali Pascha, in Derwischfetzen gekleidet, zitterte auf einem kleinen Esel und hielt sich mit den Füßen am Boden fest. Der als Ragamuffin verkleidete Wesir zog das Zaumzeug des Esels in die richtige Richtung. Der Weg war lang und schwierig. Und nur der Prophet selbst wusste, welche Gefahren sie auf dem Weg zu dem unzugänglichen Berg ertragen mussten, wo die Hexe lebte.

Sabba entpuppte sich als blinde und gebrechliche alte Frau. Sie saß in der Ecke ihrer Höhle und lauschte der göttlichen Musik, die irgendwo aus den Gewölben der Höhle strömte.

„Seltsame Musik", sagte der Sultan leise und wandte sich an den Wesir.

„Das ist Mozarts Zwischenfall im Serail", murmelte die Alte mit ihrem zahnlosen Mund und drückte auf eine silbrig glänzende Runde, unterbrach die Musik. Sie wandte sich an die Reisenden und fragte sie: „Der Weg, nehme ich an, war nicht einfach?"

„Schwierig", antwortete der Wesir und sah den Sultan an.

„Tee, Kaffee, Krebse?" Die ungepflegte alte Frau hatte eine Vorstellung von Gastfreundschaft.

„Was sind Krebse?" Der Sultan war überrascht.

„Dies ist, was Allah erlaubt, aber die Seele bittet."

Der Sultan wagte es, das wundersame Getränk zu probieren. Er war stark und gab Anis. „Nicht schlecht, überhaupt nicht schlecht." Ali Pascha schmatzte und gab die Schüssel zurück.

„Ich kenne deine Traurigkeit", sagte die alte Frau, „und ich werde versuchen, dir zu helfen, aber ..."

„Der Sultan versteht ‚aber' nicht", hob der Wesir protestierend die Hand.

„Sehen Sie, guter Mann, es ist immer schwierig, verlorene Jugend und Schönheit wiederzuerlangen."

„Warum braucht der Sultan Schönheit?" Der Wesir war überrascht. „Mein Herr ist der Schönste der Welt."

„Vielleicht", kicherte die alte Frau. „Aber ohne Schönheit ist die Jugend nichts wert."

„Kehr zurück", unterbrach der Sultan den unnötigen Streit. „Auf der Nase des Krieges auf der Krim werden Staatsangelegenheiten nicht toleriert."

„Sie irren sich, guter Mann", die Hexe schüttelte den Kopf, „der Krieg wird hier sein, in der Nähe. An der Schwelle zur Schlacht von Chesma. Das Meer wird mit Blut befleckt und Späne von den Schiffen werden zu den Dardanellen fliegen."

Der Wesir warf dem Sultan einen argwöhnischen Blick zu. Es genügte seinem Herrn nicht, an seinen außenpolitischen Ratschlägen zu zweifeln.

„Erzähl meinem Meister", unterbrach er Sabba, „von deiner Behandlungsmethode. Wie effektiv ist sie?"

„Es ist ganz einfach", sagte die alte Frau, „aber so einfach ist es auch nicht." Sie kicherte. „Lassen Sie es Ihnen wissen, gütige Person, durch den Willen Allahs leben eine große Anzahl von Leben gleichzeitig in parallelen Räumen auf der Welt."

Der Sultan und der Wesir sahen sich ungläubig an. „Was meinst du?", fragte der Wesir Sabba.

„Einfach gesagt", sie wandte sich an den Sultan, „du kannst ein Schuhmacher und ein Töpfer und ein Sultan und ein Bettler sein."

„Wie?" Der Wesir war empört. „Von welchem Unsinn redest du, Unglückliche? Der Sultan kann kein Bettler sein!"

„Sie haben mich wahrscheinlich falsch verstanden." Die alte Frau wurde wütend. „Der Sultan wird immer der Sultan sein und der Bettler wird immer der Bettler sein. Aber sie werden gleichzeitig leben, ohne sich der Existenz des anderen bewusst zu sein. Und wenn du willst und erlaubst, gebe ich dir einen neuen Körper – dein zweites ‚Ich' aus einer Parallelwelt, aber ich verlasse deine Seele und dein Bewusstsein. Hier ist alles einfach und unkompliziert. Ein ‚aber': Ich garantiere die Seelenwanderung in einen neuen Körper, aber ich kann nicht wissen, wem dieser Körper zuvor gehörte, wer er von Beruf war und welche Fähigkeiten er besaß."

Der Sultan runzelte unzufrieden die Stirn, aber als er sich wieder an den Charme seiner neuen Frau, einer jungen Charmeurin, erinnerte, konnte er der letzten Hoffnung nicht widerstehen.

„Gut", Sabba rieb sich zufrieden die Hände. „Genau zwei Wochen später, wenn der Mond seine Kraft gewinnt und sein Antlitz am Himmel rundet, wirst du, gütige Person, diesen Trank während der Waschung in deinen Körper einreiben", und sie reichte dem Sultan eine kleine Phiole aus farbigem Glas, gefüllt mit einer dunklen Flüssigkeit. „Sie werden am nächsten Morgen als völlig anderer Mensch aufwachen. Aber denken Sie daran", sie erhob ihre Stimme und schrie, „Denken Sie daran, alles ist in den Händen Allahs!"

Sie wandte sich an den Wesir und berührte mit ihrer Hand den großen Smaragd an seinem Finger. „Wessen Körper Ihr Meister erhalten wird, erfahren Sie spätestens eine Stunde nach der wundersamen Verwandlung. Ich sende Ihnen eine Nachricht per Brieftaube. In der Zwischenzeit", sie reichte dem Diener des Sultans ein kleines Paket, das in seine Handfläche passte, „wird dies Ihrem Herrn helfen, nicht zu leiden, bis der Vollmond kommt."

Der Wesir brachte das Päckchen näher an seine Augen und las den Namen, geschrieben in schöner arabischer Schrift: Viagra.

„Ja", Sabba nickte, „eine Tablette, bevor Ihr Herr in die Frauenunterkunft geht." Sie schnalzte mit der Zunge und erinnerte sich offenbar an ihre Jugend, die man ihr nur schwer ahnen konnte. Dann verhärtete sich ihr Gesicht wieder. Sie bedrohte den Wesir mit einem krummen Finger. „Wage es nicht, es selbst zu versuchen. Das ist das letzte Paket. Die Schmuggler des 21. Jahrhunderts erfreuen uns mit diesem Produkt nicht mehr, der Zoll erstickt", murmelte sie einen unverständlichen Satz.

Der Wesir nahm den Smaragdring von seinem Finger und drückte ihn der alten Frau in die Hand. Sie kamen aus der düsteren Höhle und schlossen ihre Augen gegen die strahlende Sonne. Sie verfolgten sie und hörten die Abschiedsworte der Hexe. „Möge Allah mit dir sein!"

***

Zwei Wochen vergingen. Der Wesir saß im Schatten einer ausladenden Platane und rauchte eine Wasserpfeife, als plötzlich eine riesige Taube, die einer grauen Krähe ähnelte, auf seiner Schulter landete. Der Wesir löste Sabbas Nachricht von seiner

Pfote und entrollte ein Stück Pergament. In zitternden Kritzeleien stand geschrieben:

„Der Beruf ist ein Eunuch."

***

Der Boden bebte unter den Füßen des Wesirs.

WIEGENLIED

Ich habe, wie jeder normale Mensch, vier Brüste: zwei auf dem Rücken und zwei auf der Brust. Aber ich messe meine Fähigkeiten.

Ich habe, wie jeder normale Mensch, Haare, die an allen Stellen wachsen, wo ich will. Ich wache morgens auf, ich möchte, dass die Haare auf meinem Kopf an die kahle Stelle grenzen. Bitte wachse. Wenn Sie möchten, auf Ihren Händen, auf Ihren Fingern, auf Ihren Nägeln – bitte! Ich wache morgens auf – sie wachsen! Und ich werde nicht über intime Orte sprechen. Aber ich messe meine Fähigkeiten.

Ich habe, wie jeder normale Mensch, zwei Augen auf meiner rechten Wange und zwei auf meiner linken. Mit allen vieren konnte man die Augen schließen, aber man sieht trotzdem, besonders nachts, wie eine Katze. Ich könnte auch Mäuse fangen, aber ich messe meine Fähigkeiten.

Ich habe wie jeder normale Mensch Räder statt Beine, und wenn ich jemanden einholen muss, dann drehe ich ihn wie jeder normale Mensch in vollen Zügen. Und glauben Sie mir, ich könnte locker die Olympischen Spiele gewinnen. Aber wozu brauche ich lauten Ruhm, der nichts als Neid bringt? Ich messe meine Möglichkeiten.

Ich habe, wie jeder gewöhnliche Mensch, Kinder auf dem Mars, der Venus und dem Jupiter. Allerdings habe ich auch hier meine Möglichkeiten abgewogen.

Mein Vater und meine Mutter waren gewöhnlich – zweibeinig, zweiarmig und zweiäugig. Und ich bin jetzt stolz auf sie.

Aber vorher, vorher … Eh, vorher habe ich nicht auf sie gehört und mich unverschämt benommen. Er ging gerne zu McDonald's und trank Wasser aus der Quelle von Tschernobyl. Und weiter …

Und noch etwas: Das alles hat mir so gut gefallen, dass ich meine Möglichkeiten in keinster Weise ermessen konnte.

Fazit. Wenn Sie mit den Zeiten mithalten wollen, hören Sie nicht auf die Zweibeiner, Zweihänder und Zweiäugigen! Und nicht sauer werden! Mutanten sind schließlich auch Menschen!

MACH KEINEN FEHLER!

Ich lag auf einer feuchten Holzcouch und starrte in den Samt des Sternenhimmels. Das leise Rauschen der entgegenkommenden Wellen beruhigte meine Seele.

Unruhe, die mich leider von allen Seiten umgab, störte mich heute Abend zu meiner Überraschung nicht. Ob sie mich nicht an die Küste begleiten wollten oder es satt hatten, mit mir allein zu sein, sie blieben in dem Hotelzimmer, das wir zusammen gemietet hatten, und ließen mich einen Nachtspaziergang machen.

Es war still und ruhig. Ich rauchte eine Pfeife, paffte sie wie eine alte, rauchige Dampflokomotive und dachte an nichts, verwandelte mich in ein steinernes Idol, das weiß, wann und wer von der fernen und mysteriösen Osterinsel an die Küste des Südmeeres gebracht wurde. Plötzlich landete eine warme Hand von hinten auf meiner Schulter.

Es waren zwei, beide in Militäruniform und beide mit schussbereiten Maschinengewehren.

„Ausruhen?", fragte der Rangälteste.

„Ja", antwortete ich und kehrte in die Realität zurück.

„Da", fragte der Fremde und nickte zum Meer, „leise?"

„Eher", versicherte ich ihm.

Eine Zeit lang verweilte er, genau wie ich, gedankenlos in der an Land strömenden Welle, hob dann einen flachen Kiesel vom Boden auf und schickte ihn schwingend über die Welle. Der Stein, der wie eine Schwalbe flog, berührte mehrmals die Wasseroberfläche und verschwand gurgelnd im Schoß des Meeres.

„Heute ist es sanft", sagte er und bezog sich auf die Wellen. „Aber manchmal sind sie so sauer, wie ...", und er fügte ein starkes Wort hinzu. „Sie werden ihre Mäuler wie verrückte Hunde öffnen, wenn sie schmackhafte Beute sehen. Zu anderen Zeiten machen sie Sie mit einem monotonen Grollen verrückt, wie ein Stock auf einer Trommel, rumpeln tagelang und erinnern Sie daran, wer hier der Boss ist."

„Unser Gastgeber Buba ist heute am Strand", mischte sich der junge Mann in das Gespräch ein und deutete auf seinen Partner.

„Schön dich kennenzulernen." Ich sagte auch meinen Namen und wir schüttelten uns, eher mechanisch als freundlich, die Hand. Ich mochte keine Leute mit Waffen. Und sie haben aller Wahrscheinlichkeit nach keine Fremden bevorzugt, besonders Leute wie mich, die leicht die Nacht am Strand eines der Hotspots verbringen.

Buba setzte sich neben mich aufs Bett.

„Rast oder Saboteur aus der Schlucht?", fragte er und musterte mich sorgfältig.

„Mehr Urlauber als Saboteur."

„Wie ist es zu verstehen?" In seiner Stimme lag Metall.

„Ich war einmal Saboteur in meinem Leben und dann vor vielen Jahren", grinste ich. – „Dann hatten Sie und ich ein anderes Mutterland, und sie liebte es anscheinend, ihre Untertanen aus Gründen des Sportvergnügens in nahe und ferne südliche Länder zu schicken, um ihre körperliche Form nicht zu verlieren, und erhielt von dort als Dank Zinksärge."

„Wie viel hast du dort gebügelt?", hat er gefragt.

„Von Glocke zu Glocke", sagte ich müde.

„Wer hat dich nach Hause gebracht?"

Ich rief den Namen des Generals – unser „Bati".

„Bro", Bubas Blick wurde warm, wir umarmten ihn freundlich.

„Horus", Buba wandte sich an seinen Partner, „fahr und bring uns was. Das Treffen von Freunden muss schließlich gewaschen werden."

Horus verschwand hinter dem Hügel und kehrte bald zurück, mit einer Dose Alkohol und einem ganzen Bündel scharlachroter, herzförmiger Tomaten. Wir tranken, erinnerten uns an die Vergangenheit, aßen jeden neuen Toast mit saftigen, nach Sonne riechenden Tomaten, und wieder erinnerten wir uns an diejenigen, mit denen wir uns aus verschiedenen Gründen nie wieder treffen würden. Als das Thema, das uns zusammenge-bracht hatte, versiegte, verstummten wir und spürten erneut eine verborgene Entfremdung. Buba sprach zuerst.

„Was machst du jetzt?"

„Ich lebe", sagte ich müde, kaum hörbar.

„Wahrscheinlich so ruhig, wie Sie sagen?", bemerkte er sarkastisch.

„Nichts Besonderes", gab ich zu. „Ich arbeite, wo ich muss, meine Frau ist gegangen, die Kinder glauben, dass sie nie einen Vater hatten, und haben sie anscheinend aus einem Reagenzglas gezeugt. So bin ich im Delirium entlang des Tunnels und verlockende Landmarken leuchten nicht voraus."

Wir schwiegen eine Weile, jeder dachte an sich, dann schlug Buba unerwartet auf mein Knie.

„Willst du, Freund, ich gebe dir Sehenswürdigkeiten zurück, außerdem gut verpackt in grünen Rechnungen?"

„Nein", schüttelte ich ablehnend den Kopf, „Ich will nicht."

„Hör zu", begann er erneut. „Du weißt wahrscheinlich, dass wir hier ein Chaos mit den Nachbarn haben. Es ist Zeit, sie zu zügeln, sie wieder an ihren Platz zu bringen. Im Allgemeinen fällt Ihnen die Arbeit nicht schwer, und außerdem ist es eine ehrenvolle, da wir ideologisch recht haben, sie aber nicht."

„Sind sie nicht", bestätigte Horus und betätigte den Verschluss seines Maschinengewehrs. „Sie sind Tiere."

„In Ordnung, in Ordnung", Buba beruhigte ihn und erklärte herablassend. „Ich bin noch jung, ich habe nicht viel Blut gesehen." „Also wirst du gehen?" Er nahm meine Seele wieder auf. Ich ignorierte seine Frage. Überrascht über meine Gleichgültigkeit gegenüber aktuellen Themen, beschloss er, einen Preis zu nennen und mich dadurch entgegenkommender zu machen.

„Wie gefällt es Ihnen, eine fortschrittliche Idee im Wert von zweitausend Zeichen pro Monat zu verpacken?" „Ich denke, es ist ziemlich gut."

„Überreden Sie nicht, es ist nutzlos." „Ich habe nicht nachgegeben." „Wir sind friedliche Menschen, aber unser gepanzerter Zug steht auf dem Abstellgleis."

„Sie zahlen viel weniger für einen gepanzerten Zug in der Schlucht.“ Buba steckte seine Linie fest. „Außerdem haben sie keine edle Idee.“

„Natürlich“, stimmte ich zu. „Es ist nicht gut ohne eine Idee.“

„Denken Sie darüber nach“, sagte er leise, „aber zögern Sie nicht. Es ist nicht sicher, sich zu einer solchen Zeit am Meer auszuruhen, und an einem solchen Ort können jeden Moment Menschen aus der Schlucht kommen, und dann, verstehen Sie“, Buba strich mit der Hand über den gebläuten Lauf des Maschinengewehrs, „Alles kann passieren. Wer nicht für uns ist, ist gegen uns.“

Plötzlich wehte ein starker Wind vom Meer her. Im Handumdrehen wurde das dunkle Meer komplett schwarz und die Luft roch nach Sturm.

„Weißt du“, sagte Buba verschwörerisch und senkte die Stimme, „sie leben nicht in der Schlucht.“

„Wer sind Sie?“ Ich habe es nicht verstanden.

„Nun, das sind sie“, erklärte er, und fröstelnd von dem herannahenden schlechten Wetter begann er. „Sie leben im Meer. Wir suchen ihre Stützpunkte in der Schlucht, und sie kommen aus dem Meer.“

„Wollen Sie damit sagen, dass sie das Meer nutzen, um sich unbemerkt fortzubewegen?“ Ich vermutete.

„Nein.“ Booba schüttelte den Kopf. „Sie leben im Meer.“

„Erklären.“

„Sie leben im Meer, gebären dort Kinder, bauen Häuser, fahren Autos und greifen uns fast täglich an.“

„Eine Art Unterwasserland“, kichere ich.

„Umsonst glauben Sie nicht.“ Buba war beleidigt. „Aber sie leben tatsächlich im Meer.“

Ein Auto hupte über den Hügel.

„Geh und finde heraus, was da draußen ist“, befahl Buba seinem jungen Partner. Horus, der sich nur mit Mühe von den Kopfhörern losreißen konnte, aus denen die Musik drang, kletterte widerwillig in Richtung Autobahn.

„Du glaubst mir nicht“, sagte Buba wütend, „aber es ist wahr, wahr.“ Er riss sein Maschinengewehr von seiner Schulter und richtete es auf das Meer und eröffnete das Feuer auf die tosende Brandung. „Sie sind dort", rief er, „und von dort kommen sie, um uns das Leben zu nehmen."

Die automatische Salve durchschnitt das Meer. Buba feuerte, bis das Magazin des Maschinengewehrs leer war und er es wütend abriss und die leere Scheibe auf die Wellen zuflog.

„Chief", rief Horus aus der Höhe. Er winkte mit den Armen und rief Buba zu. „Chef, wir müssen gehen." In der Nähe der Schlucht wieder unruhig.

„Denken Sie noch einmal über meinen Vorschlag nach", riet mir Buba, als er ging.

„Ja, was gibt es zu denken?", schrie ich ihm nach. „Ich habe bereits vergessen, wie man schießt, und so berühmt wie Sie, kann ich mich kaum unterscheiden."

„Umsonst zerbrichst du wie ein provinzielles Fräulein. Ich biete Ihnen einen Job an. Denken Sie", warf er mir zum Abschied zu und verschwand über den Hügel.

„Wir müssen zurück ins Hotel. So wird es ruhiger", dachte ich, und plötzlich spürte ich wieder eine Berührung an meiner Schulter.

Ich drehte mich um und sah Lera. Ich erkannte sie sofort, obwohl ihr Gesicht in der Dunkelheit schwer zu erkennen war.

„Woher kommst du?", fragte ich überrascht.

Sie setzte sich auf ein nahegelegenes Hochbett und sagte, ohne auf mich zu achten, irgendwo zur Seite. „Lange nicht gesehen."

„Vor langer Zeit", stimmte ich zu.

„Wie ist unser Haus?"

„Ich denke, es lohnt sich immer noch."

„Bist du schon lange dabei?"

„Ja", gab ich zu. „Ich war lange nicht zu Hause."

„Was ist es?" Sie sah mich immer noch nicht an, erkundigte sie sich.

„Ich bin erwachsen geworden", antwortete ich, „und er ist so geblieben, wie er war, als wir vierzehn waren."

„Es gibt also doch keine Rückkehr in die Kindheit."

„Nein", gab ich traurig zu.

„Erzähl mir von dir", sagte Lera.

Ich fing an, über meine Erfolge und Misserfolge zu schwafeln und versuchte, sie so wenig wie möglich zu verschönern, um mich nicht mit Lügen schmutzig zu machen. Sie hörte aufmerksam zu, als der Lehrer der verwirrten Erklärung des nachlässigen Schülers neben der Tafel lauschte.

„Das ist alles", sagte ich und beendete meinen Monolog.

„Nicht viel", sagte Lera. „Aber es gibt noch etwas zu erinnern."

„Nicht viel", stimmte ich zu.

Wir saßen da und blickten schweigend auf den Wellenbrecher, der vor fünf Minuten stolz in Richtung Meer aufbrach. Jetzt ist es fast weg. Es, das Meer, verschlang irgendwie unmerklich und schnell seine Länge.

„Warum fragst du nicht nach mir?" Lera sah mich an. „Immerhin sind seit unserem letzten Treffen dreißig Jahre vergangen."

„Und was zu fragen?", antwortete ich. „Wenn Sie möchten, können Sie es selbst sagen."

„Ich will nicht", sagte sie. „Frag erst gar nicht."

„Ich werde nicht."

„Weißt du, ich habe zwei Kinder", sagte sie. „Einer ist irgendwo hier, der andere in Kanada."

„Ich freue mich für dich."

„Weißt du, ich habe keinen Ehemann und hatte nie einen." Also lebte sie ihr Leben wie Unkraut von selbst. Aber es war immer kostenlos.

„Ich freue mich für dich", sagte ich noch einmal.

„Außerdem", fügte sie hinzu, „habe ich jetzt mit besonderer Freude einen guten Platz in der Hierarchie des Lebens und der Arbeit eingenommen."

„Ich freue mich für dich", lächelte ich.

„Ja, was machst du?" Sie war empört, „Froh, ja froh. Vielleicht möchten Sie hören, wie ein vierzehnjähriges Mädchen sich Hals über Kopf in einen vierzehnjährigen Jungen verliebte? Ja?" Sie stampfte mit dem Fuß auf. „Sie werden nicht, Sie werden nicht hören."

„Ich freue mich für dich", entfuhr mir wieder der müde Satz.

„Hier im Tal", sagte Lera, „leben keine Menschen, sondern Tiere. Sie erlauben niemandem, frei und friedlich auf dieser Erde zu leben."

„Ich interessiere mich nicht für Politik", antwortete ich Lera.

„Nun, und vergebens", sie war beleidigt. „Lassen Sie die Politik schmutzig sein, wie das Bett eines schäbigen Penners, aber jemand muss es auch waschen."

„Vielleicht", stimmte ich zu. „Aber es macht mich sehr traurig, wenn du es tust."

„Ich genieße es", sagte sie entschieden. „Reden wir nicht über die Vergangenheit, sondern über die Zukunft", schlug sie plötzlich vor. „Möchten Sie sich unserer Seite anschließen? Wir brauchen Leute wie Sie mit Ihrer Kampferfahrung."

„Lass uns über die Vergangenheit reden", sagte ich unzufrieden.

„Gut, gut", sagte sie, „wenn du es nicht einfach so willst, dann bezahlen wir dich."

„Einfach so – ist es für jugendliche Liebe?", fragte ich sarkastisch.

Mir schien, sie errötete, obwohl es im Zwielicht der nahenden Morgendämmerung fast unmöglich war, es gut zu sehen.

„Wir zahlen gut, zumindest mehr als im Tal."

„Und auch grün?"

„Ja", sie nickte bestätigend mit dem Kopf.

„Lebst du am Meer?" Unerwartet für mich selbst habe ich Dummheit eingefroren.

„Ja", antwortete sie knapp.

„Für eine lange Zeit?"

„Es ist zehn Jahre her."

„Nun, wie ist es?", fragte ich ungläubig. „Feucht?"

„Im Gegenteil", antwortete sie. „Sogar sehr bequem. Und wenn da nicht die Leute aus dem Tal wären ..."

„Es passiert nicht alles auf einmal", unterbrach ich sie. „Zehn Jahre sind eine lange Zeit. Vor zehn Jahren ..."

„Vor zehn Jahren", unterbrach mich Lera ihrerseits, „ist eine Frau namens Lera aus eigenem Antrieb vom Balkon gestürzt."

Es gab eine schwere Pause.

„Sie denken also", versuchte ich ungeschickt, das Thema zu wechseln, „Demokratie ist die beste Staatsform?"

„Die Höchste", korrigierte mich Lera.

„Und ist sie es wert, für sie zu sterben?"

„Wie", und sie, so schien es mir, wurde wieder rot.

Auf der Autobahn quietschten die Bremsen des Autos erneut. Es war Buba, der zurückkehrte.

„Ich muss gehen", sagte Lera, „in Richtung des tobenden Abgrunds." Sie verabschiedete sich von mir und sprach: „Wir haben nichts mit ihnen zu besprechen. Die aus dem Tal sind keine Menschen, sondern Tiere, und sie verstehen nicht, dass es das Alte nicht mehr geben wird und dass wir ihnen beibringen werden, auf eine neue Art und Weise zu leben, außerdem sind die Unterstützer einer echten Demokratie auf unserer Seite." Und sie verschwand im Meer, als ob eine Welle sie zusammen mit einer großen Menge Kieselsteine vom Ufer geleckt hätte.

Booba näherte sich mir wie eine Katze. Er ließ den Finger am Abzug.

„Ich bin froh, dass du nirgendwohin gegangen bist", sagte er.

„Wo soll ich mich beeilen?"

„Und die Wahrheit, wo?", lachte er.

„Wie sieht es in der Nähe der Schlucht aus?"

„Macht nichts", Buba runzelte die Stirn. „Offenbar bereiten sie eine Invasion vor. Ich habe das Gefühl, dass dies der Fall sein wird."

„Das wird nicht einfach, oder?" Ich empfahl.

„Ja", stimmte Buba zu. „Aber die ganze fortschrittliche Menschheit steht hinter uns und wir werden sicher gewinnen." Er änderte seinen pompösen Ton in einen gewöhnlichen und fragte sachlich: „Naja, was denkst du?"

„Nein, nein", sagte ich. „Ich habe vor langer Zeit aufgehört, Kriegsspiele zu spielen."

„Vergebens", sagte er und richtete die Waffe auf mich. „Wenn Sie schon einmal einen Fehler gemacht haben, schauen Sie, machen Sie kein zweites Mal."

„Was meinst du?"

„Wir haben einen guten Computerspezialisten", sagte Buba. „Nun, er hat die Netzwerke des Verteidigungsministeriums Ihres Landes genutzt, sich bis zu den Ohren hineingesetzt und dort etwas herausgefischt", sagte er. „Ist Ihr Nachname ...?" Und er hat meine persönlichen Daten richtig benannt.

„Ja", habe ich zugegeben, „alles stimmt: sowohl der Name als auch der Nachname."

„Nun, sehen Sie, alles passt zusammen", sagte Buba und fügte hinzu: „Schließlich warst du es, der in Kandahar in Stücke gerissen wurde, als du die Passage im Minenfeld freigemacht hast."

„Ja", ich habe wieder zugestimmt, „ich habe einen Fehler in den Leitungen gemacht. Ich kann mir das immer noch nicht verzeihen, wahrscheinlich zitterte meine Hand zur falschen Zeit."

„Schau mal, mach keinen Fehler mehr", riet mir Buba danach, als ich am Strand entlang ging, zum Hotel zurückkehrte und mir dachte: „Verdammt, sie lassen dich nicht am Meer ruhen."

PROPHETISCHER TRAUM

„Wo, nun, wo wirfst du die Karte! Wieder nicht im Anzug."

Der grüne Dinosaurier war zu Recht empört: „Ein Tamburin schlägt keinen Hecht." Der graue Dinosaurier entschuldigte sich für seine Unaufmerksamkeit und nahm die Karte zurück.

„Wach endlich auf", riet der Grüne seinem Partner, „sonst wirst du in Flusen geweht. Vielleicht denkst du, dass ich für deinen Verlust aufkommen werde?"

Die gewünschte Karte erschien auf dem Stoffkartentisch.

„Nun, Sie können, wenn Sie wollen", lobte das graue Grün. „Was hast du wieder schlecht geschlafen?", hat er gefragt. „Wahrscheinlich die ganze Nacht auf den Mädchen gestaffelt?"

„Nein", antwortete Grau. „Ich hatte nur einen schlechten Traum."

„Oh, wie hast du mich schon mit deinen Träumen erschüttert, besonders prophetischen", kicherte der grüne Mann. „Sie leben nach dem Traumbuch, als einfacher Soldat nach der Charta."

„Und was tun", versuchte der Graue sich zu rechtfertigen, „wenn sie die ganze Zeit träumen? Ich kann nicht schlafen."

„Da du nicht wie ein Mensch einschlafen kannst, schlafe mit einer schwarzen Brille", riet der grüne Mann spöttisch und sagte bedeutungsvoll: „Sie müssen auch mit Bedacht schlafen."

Der graue Dinosaurier seufzte nur als Antwort. Das Spiel verlief schleppend, obwohl es um viel Geld ging.

„Nun, meins hat es wieder genommen", fasste der grüne Dinosaurier zusammen, fegte zwei gewichtige Bündel Banknoten aus dem Tuch und steckte es in die Tasche seiner Windjacke. „Ich habe gewonnen, aber das Spiel hat mir keinen Spaß gemacht", sagte er missbilligend.

„Mach dir auch Freude", murmelte der Graue. „Zwanzigtausend sind nicht genug." Er winkte mit der Hand und sagte er gleichgültig: „Ein unerschütterliches Naturgesetz: Grün klebt an Grün." Er meinte die Farbe verlorener Geldscheine.

„Okay, okay, beneide niemanden um sein Glück. Sag mir besser, welcher prophetische Traum dich heute Nacht besucht hat, du bist unser einheimischer Prophet."

„Du wirst es nicht glauben", sagte der graue Dinosaurier grimmig. „Das träumte ich auf unserem Planeten, wo immer alles glatt lief, wie vom Schöpfer vorgesehen, wo der Tag auf die Nacht folgte, die Nacht auf den Tag folgte, wo der Regen pünktlich fiel und die Sonne genug war, damit die Natur sich füllte und fett wurde, alles plötzlich etwas sprang es. Unerwartet wehten Winde, die es vorher nicht gegeben hatte, Vulkane grollten, Stürme ächzten. Der Planet begann von Erdbeben und Erschütterungen, Tsunamis genannt, auseinandergerissen zu werden, die von Kopf bis Fuß fegten. Die Kälte schlug ein und der Planet erzitterte wie Espenlaub. Die Ebenen, die brachen, krochen unbeholfen nach oben und ähnelten einem Tumor im Gesicht, entweder auf der rechten oder auf der linken Seite."

***

„Leider geht es der linken Seite nicht ganz gut." Der Zahnarzt schüttelte den Kopf und wandte sich an den Patienten, der sich mit dem ganzen Körper in den Zahnarztstuhl drückte. „Und das Flussmittel hat sich stark aufgeblasen. Ja, erwarte nichts Gutes von so einem Loch. Möglicherweise müssen Sie einen Zahn ziehen", schloss er.

Das Gesicht des Patienten wurde zuerst rot, dann blau, aber nach einem Moment wurde es grau, als wäre es mit Asche bedeckt, und legte sich schließlich auf diese Farbe, als ob er die anderen Farben des Regenbogens vergessen würde.

„Machen Sie sich nicht so viele Sorgen", versuchte der Arzt ihn zu beruhigen. „Lassen Sie uns versuchen, etwas für Sie zu tun. Aber wenn es nicht klappt, beschuldigen Sie mich nicht, wir werden es löschen."

„Doktor", flehte der Patient. „Können wir es noch retten?" Und so blieb von 32 eigenen die Hälfte übrig, der Rest ist alles künstlich.

„Und warum sind künstliche schlechter als echte?" den Zahnstocher naiv überrascht. „Das gleiche weiß und glatt. Sie können sie kauen und lächeln, und wenn Sie möchten, sogar beißen", lachte er und setzte den Witz fort. „Wenn Sie wirklich wollen und wenn es jemanden gibt, den Sie wollen."

„Richtig, Doktor", stimmte ihm der Patient zu. „Sie können alles mit ihnen machen, alles, was Sie aufgelistet haben: und essen und lächeln und beißen. Und wenn man sie rechtzeitig wäscht und nachts in ein Glas Wasser legt, kann man sie wie ein Kunstwerk bewundern. Aber Sie wissen, dass es bei künstlichen Zähnen einen gibt, aber einen erheblichen Fehler – es gibt kein Leben in ihnen. Sie tun nicht weh, sie schmerzen nicht, sie schwellen nicht an."

„Nun, was immer Sie wollen", kicherte der Zahnarzt. „Das Leben ist dir nicht genug, du denkst vielleicht, du langweilst dich ohne seine Sorgen."

„Zweiunddreißig Zähne – zweiunddreißig Planeten", bemerkte der Patient nachdenklich. „Daher gibt es keine Langeweile im Leben." Und seufzend fügte er hinzu: „Leider sind nur noch fünfzehn übrig. Statt herausgerissen – fester Weltraum und schwarze Löcher."

„Ich glaube nicht, dass ich diesem Planeten besonders einen Weisheitszahn verlieren möchte", schaltete der Arzt den Bohrer ein und sagte mitfühlend: „Ein Weisheitszahn schmerzt auf besondere Weise."

Die Maschine fing an zu arbeiten und gab mir die Schauer ihres Juckens und der Vorfreude auf die Berührung von kaltem Metall auf lebendem Fleisch.

„In Ordnung, in Ordnung", beruhigte der Arzt den Patienten, „versuchen wir, etwas zu tun. Jetzt werden wir eine Füllung in den Zahn schaufeln und das schmerzhafte Problem lösen. Aber

Sie sind nicht klein, Sie verstehen selbst, dass dies alles nur vorübergehend ist."

„Ja", flüsterte der Patient dankbar.

***

Ein riesiger Meteorit ist auf die Erde gefallen. Der Planet bebte. Die letzte Stunde der Dinosaurier ist angebrochen.

AUSREISSER

Die Wellen spielten wie ein Schoner, wie eine Katze mit einer unintelligenten Maus, die in ihre Pfoten fiel, und mit einem Splitter warfen sie sie in den Abgrund ihres Leibes, dann hoben sie sie bis zu den Sternen hoch.

„Verliere den Stern nicht, Giuseppe", sagte der alte Mann mit Mühe und versuchte, das Rauschen des Windes zu unterdrücken. Er lehnte mit dem Rücken gegen das grobe Holzgeländer und drückte das verblichene, abgenutzte Taschentuch an die Brust, mit dem er seinen kahlen Kopf vor den Strahlen der sengenden Sonne schützte. Das Taschentuch war mit klebrigem Blut durchtränkt.

„Diese Engländer sind nur tollwütige Hunde", fuhr der alte Mann fort. „Werden sie den Portugiesen passieren lassen, ohne ihn zu verletzen?" Er holte tief Luft und fügte hinzu. „Sie schauen absichtlich zu, um sie in Schwierigkeiten zu bringen, und zeigen dann ihre Zähne, wenn sie Erfolg haben."

Alvarez, so hieß der alte Mann, fürchtete weder den Teufel noch das Meer noch die Engländer. Und von all den gesprochenen und bedeutungsvollen Worten erkannte er eines – „Glück". Und das Glück, das ihm antwortete, verwöhnte ihn mit seinen Gnaden. Das ging lange so, bis plötzlich etwas in ihrer langjährigen Freundschaft nicht mehr funktionierte.

Aus irgendeinem Grund kollidierte der Schoner von Alvarez heute, als er unter vollen Segeln stand und versuchte, die gefährliche Reise so schnell wie möglich zu beenden, Nase an Nase mit der englischen Wachkorvette, die wie ein Jäger im Hinterhalt auf darunter segelnde Schiffe wartete die Flagge des spanischen Königs, um sie unverzüglich in die Unterwelt zu schicken, wer zuerst kommt, mahlt zuerst.

Alvarez erwartete das gleiche Schicksal, aber er schaffte es zu entkommen und sich sogar im Sturmabgrund zu verirren, steckte darin bis zu den Ohren wie in einem Sumpf. Nein, du kannst einen alten Mann nicht mit bloßen Händen nehmen, er ist wie ein Sonnenstrahl, den du nicht mit deiner Handfläche schlagen kannst. Die Briten konnten den Schoner nicht überholen. Aber eine der vielen Kugeln, die bei der Verfolgung abgefeuert wurden, überholte Alvarez und ließ sich frei in seiner Brust nieder, um ihn mit brennendem Schmerz und blutigem Schaum an seine Anwesenheit zu erinnern.

„Der Steuermann darf den Leitstern, auf den er zusteuert, nicht verlieren", sprach Alvarez nach kurzem Schweigen erneut und wandte sich an Giuseppe, einen neunzehnjährigen Jugendlichen, der einzige des ganzen Teams, der nach dem Treffen mit dem Engländer überlebt hatte.

„Achten Sie nicht auf den Wirbelsturm des Meeres", fuhr er fort, den jungen Mann zu belehren. „Ein Sturm ist so notwendig wie eine frische Brise nach längerer Flaute. Zeigen Sie ihm Ihre Stärke, lassen Sie ihn mit sich selbst rechnen und halten Sie Ihren Chip über Wasser."

***

In einer beengten Kabine saßen ein junger Mann und eine junge Frau, sich an den Händen haltend. In ausgefallene Outfits gekleidet, schienen sie einer fröhlichen Maskerade entkommen zu sein. Ihre Manieren passten seltsam nicht zu der Umgebung, und nur die unverhohlene Angst in ihren Augen verband sie mit den beiden auf dem Oberdeck.

Die Frau hieß Patricia, der Mann Max. Sie sind Flüchtlinge und Alvarez ist ihre letzte Hoffnung, dass etwas anderes in diesem unvollendeten Leben wieder in Ordnung gebracht werden kann.

„Du wirst sehen", beruhigte Max seinen Begleiter. „Wir werden sicherlich Glück haben und unser Ziel erreichen." Max streichelte sanft Pats Wange. „Sie können sicher sein, dass Alvarez
der einzige Schmuggler ist, der den Job immer zu Ende bringt."

„Wie hast du das gewusst?" Pat bedeckte ihren Mund mit einem zerknitterten Taschentuch und versuchte, die Ohnmacht
zu unterdrücken, die durch das Rollen des Meeres aufgekom-
men war.

„Ich habe mich bei sehr kompetenten Leuten über ihn er-
kundigt, die bereit sind, für jedes Wort den Kopf auf den Hack-
klotz zu legen."

„Kompetente Leute?" Pats Stimme klang offensichtlich sarkastisch. „Wahrscheinlich die, die er schon rübergeschickt hat?"
Sie warf Max einen spöttischen Blick zu. „Und wie hast du das
gemacht, sag es mir bitte?"

„Beruhigen Sie sich, Pat", sagte der Mann. „Alvarez ist eigentlich ein erfahrener und anständiger Kapitän, mit seiner Hilfe
werden wir definitiv rauskommen. Und was die anbelangt, die
er bereits transportiert hatte, wie konnte ich sie dann natürlich fragen? Wenn wir an der richtigen Stelle sind, werden wir
sie fragen."

„Warum bist du dir so sicher, dass Alvarez uns nicht täuschen
wird?" Die Frau ließ nicht nach. „Woher weißt du, dass er ein
anständiger Mensch ist?"

„Nun, wahrscheinlich, denn jetzt hängt wie immer alles vom
Geld ab", bemerkte Max philosophisch. „Und er nahm die Zahlung, um die wir zuvor verhandelt hatten, und versuchte nicht,
wie hier üblich, für unvorhergesehene Umstände mindestens
ein zusätzliches Gold zu verhandeln."

„Das hat noch nichts zu bedeuten. Seit wann ist die Abwe-
senheit von Gier gleichbedeutend mit Anstand?" Pat kicherte.
Nach einer Pause fragte sie mit einer ganz anderen Stimme:
„Liebling, vielleicht hätten wir das nicht tun sollen?"

„Wie, nicht wert?", rief der Mann." Wäre es besser gewe-
sen, alles so zu lassen, wie es war? Musste ich wirklich die ab-

surde Existenz der Formel gemeinsam und gleichzeitig alleine ertragen?"

„Vielleicht ist das eine absurde Formel", stimmte sie ihm zu, „aber dann könnten wir uns zumindest gelegentlich sehen, was allein nicht ausreicht."

„Die Rolle des unglücklichen Liebhabers passt nicht zu mir." Max erhob die Stimme, unterbrach sich aber sofort, er wollte seinen Begleiter nicht beleidigen. „Verstehe, Pat, ich kann nicht ohne dich leben. Es ist, als würde man auf dem Scheiterhaufen der Inquisition brennen."

„Es ist Ihnen gelungen, mit der Inquisition zu vergleichen", nickte Pat zustimmend. Ihr selbst ging es genauso, aber ihre Zweifel ließen sie noch immer nicht los. „Ich fürchte, dass alle unsere Hoffnungen zunichte gemacht werden, wenn wir trotzdem in wessen Fänge geraten, sei es unsere Polizei, sei es ..." Ohne den Satz zu beenden, fing sie an, den Mann zu schütteln. „Max, wach auf und schau, wie spät es über Bord ist? Können Sie sich vorstellen, was uns erwartet, wenn wir aus diesem Schlamassel überhaupt herauskommen, aber nicht ans Ziel kommen?" Sie lehnte sich müde zurück und sprach leise, als spräche sie mit sich selbst. „Was uns erwarten kann, wird nicht einmal schrecklich erscheinen."

„Es ist nicht beängstigend, auf dem Scheiterhaufen zu brennen", sagte Max stur. „Es ist ganz anders. Fühlen und wissen Sie ständig, dass Sie bei ihm sind, und brechen Sie diese Verbindung dort ab, es gibt keine Möglichkeit."

„Warum ‚mit ihm'? Er hat übrigens einen Namen", sagte Pat träge. „Er ist, wenn Sie es nicht vergessen haben, immer noch mein rechtmäßiger Ehemann."

„Das ist das Beängstigende", bemerkte Max kalt.

***

Der Schoner rollte unbeholfen nach Backbord und beendete ihren endlosen und unnötigen Streit. Pat verlor das Gleichgewicht, rutschte von einer großen Holzbank und Max wurde auf einen am Boden genagelten Eichentisch geschleudert. Nachdem der Schoner einige Zeit in dieser Position geschwebt hatte, kehrte er wie widerstrebend langsam in seine vorherige Position zurück.

„Lass sie dich und mich nehmen wie ein gewöhnliches Produkt, für das es gut bezahlt wird", sagte Max fröhlich und spürte, wie die Beule auf seiner Stirn geschwollen war. „Lass, aber da", er zeigte mit dem Finger irgendwo auf unbestimmte Zeit nach oben, „wir werden zusammen mit dir sein und niemals, hörst du, niemals wird er zwischen uns sein. Dafür lohnt es sich, das Risiko einzugehen."

***

„Giuseppe, mein Junge", Alvarez wandte sich wieder dem jungen Mann zu, „sag mal ehrlich, was hast du mit Inesa?" Er schnalzte anerkennend mit der Zunge, wie ein Kenner, der die wertvolle Kleinigkeit bewertete. „Inesa ist ein Mädchen, das stimmt. Jede Grandess kann ihren Stolz und ihre Würde beneiden", Alvarez kicherte gezwungen. „Ich kann mir vorstellen, was dieser Teufel unter ihrer Bluse versteckt."

Giuseppe schwieg nach wie vor, als interessiere ihn nichts als das Ruder in seinen Händen. Der alte Mann ließ noch immer nicht locker.

„Es ist wahr, sie ist launisch und stur, wie eine wilde Stute", bemerkte er missbilligend. „Sie haben es in der Familie mit der Muttermilch übertragen." Alvarez wollte den Ausdruck auf Giuseppes Gesicht sehen, aber die immer dichter werdende Dunkelheit der Nacht störte. „Hier ist der stille Teufel", dachte der alte Mann an seinen Partner, um nicht an seine Wunde zu denken. „So ein Mann wird bei der Gedenkfeier seines Vaters kein freundliches Wort sagen." Aber laut, um den jungen Mann nicht zu beleidigen, sagte er: „Stur, so sei es, aber verdammt schön."

„Hörst du, Giuseppe", rief der Alte heiser, „sie gebiert dir hundert Schmuggler, so mutig wie du und ich, oder noch besser."

Giuseppe erwiderte kein Wort. Seine Finger umklammerten schmerzhaft das Lenkrad.

„Stimmt, sie braucht einen Prinzen." Keuchend fuhr Alvarez fort, versuchte, den jungen Mann zu sprechen. „Und du bist ein prominenter Typ, aber in unserem Dorf gibt es mehr prominente Leute wie dich als Mist unter Kühen." Er versuchte, über seinen eigenen groben Witz zu lachen, aber seine Kehle gurgelte nur. Ein stechender Schmerz verdrehte seinen von der Sonne und dem salzigen Wind gebräunten Körper.

Aber der alte Seehund war stur. Er überwand den Schmerz und sprach erneut. „Denken Sie daran, ihre Eltern werden dagegen sein. Sie brauchen wie alle anderen Geld. Und du hast sie nicht", zwinkerte er verschwörerisch. „Wie wäre es mit etwas Gold? Klirrt nicht eine Münze in deinem Busen?"

Doch wieder hört Alvarez statt einer Antwort mit seinen senilen Ohren nur das Knarren des Mastes und das angestrengte Heulen des Windes.

„Ich bin überrascht über deine Ausdauer, Sohn", seufzte der alte Mann schwer. „Sie sollten nicht am Ruder stehen, sondern Stiere bei Stierkämpfen schlachten und Kadaver zum Zerlegen an Metzger schicken."

Der alte Mann verstummte, als wäre er in einen tiefen Schlaf gefallen. Giuseppe war von Kopf bis Fuß mit kalter Gischt übergossen, aber er blieb mit weit gespreizten Beinen stehen und spähte in die undurchdringliche Dunkelheit und versuchte, einen Leitstern zu finden.

Nach einiger Zeit wachte Alvarez auf und rief: „Giuseppe, mein Junge, sei nicht beleidigt vom Delirium der Meerestintenfische und entschuldige die leeren, dummen Worte. Hören Sie zu, wenn Sie aus diesem Schlamassel herauskommen, finden Sie in meiner Kabine eine Holzkiste, die in ein Stück Segeltuch gewickelt ist. In der Kiste für dich ist ein Brief von Inesa und etwas Geld von mir, das ich während meiner langen Wanderungen vom 22. Jahrhundert durch unser 17. Jahrhundert bis zum Planeten Venus zusammengekratzt habe. Ihr jungen Leute sollte es gut gehen." „Und wenn nicht", fügte er hinzu, „und ihre Eltern werden dagegen sein, sie ihnen stehlen, wie die da drüben", er nickte mit dem Kopf in Richtung der Hütte, in der die Flüchtlinge aus dem 22. Jahrhundert Pat und Max waren. „Sei ein richtiger Mann, stiehl das Mädchen und fertig." Alvarez wartete nicht länger auf eine Antwort, aber er wusste, dass Giuseppe ihn aufs Wort hörte. „Sie wird zustimmen, Sohn, du wirst sehen."

Der alte Mann strengte sich mit all seiner Kraft an und versuchte, seine Stimme am Stocken zu hindern. „Lass dich nicht treiben, mein Junge, geh zum Stern. Denken Sie daran, der nächste Flug gehört Ihnen." Alvarez' Mund zuckte unwillkürlich und er begann sich langsam auf dem Deck niederzulassen.

„Alter Mann!", rief Giuseppe plötzlich aus. „Direkt vor den Fackelfeuern. Feindliche Fregatte voraus." Als er sich umdrehte, bemerkte der junge Mann die gleichen Lichter, die sich ihrem Schoner von der Seite näherten.

„Alvarez, wach auf", schrie Giuseppe, „sie nehmen uns mit Zangen! Wir können nicht gehen."

Wie aus Rache für Giuseppes früheres Schweigen antwortete der Alte nicht. Seine Hand, die so lange das blutige Taschentuch umklammert hatte, baumelte leblos herum.

***

„Wir werden auf der Venus glücklich sein", versicherte Max der Frau und drückte sie fest an sich. „Und all unsere Vergangenheit, dieses schreckliche 22. Jahrhundert und diese Reise durch ein fremdes Jahrhundert werden wir vergessen, so wie eine lästig summende Fliege, die an einer Fensterscheibe klebt, vergessen wird." Pats kalte, blasse Wangen küssend, murmelte er: „Egal was mit uns passiert, wir werden immer noch zusammen sein. Ich liebe dich so sehr."

„Und ich liebe dich auch", antwortete Pat ihm flüsternd.

***

Zu diesem Zeitpunkt gab der Kapitän der königlichen Korvette den Befehl, das Feuer zu eröffnen.

EINWEGFLUG

Wir trafen sie ganz zufällig. Ich bin geflogen ...

Komm schon, was spielt es für eine Rolle, wo ich geflogen bin. Hauptsache sie saß neben mir. Eine Art schöner, langbeiniger, direkt von der Titelseite eines Hochglanzmagazins.

Lange ahmte ich ihr gegenüber meine Gleichgültigkeit nach, indem ich möglichst die Augen zusammenkniff, damit sie nicht merkte, wie ich, wie ein Schuljunge, der unter dem Pult einer jungen Lehrerin hervorschaut, ihre runden, anmutigen Knie bewundere.

„Wer schnitzt so perfekte Formen?", fragte ich mich. „Direkt eine Augenweide. Wenn jetzt ihr Rock zufällig, na ja, ganz zufällig hochgekrochen ist. Ich wünschte ..." Ich war schon atemberaubend von solchen Aussichten. „Rubens ruht sich aus", schloss ich. „Perfektion eignet sich nicht für den Pinsel des Künstlers."

„Ja, Sie sitzen ruhig und zappeln nicht!", sagte plötzlich unerwartet mein Mitreisender. „Wenn Sie sich solche Sorgen um meine Beine machen, bitte." Und das Mädchen entblößte wie eine erfahrene Stripperin langsam, wie widerwillig, ihre Beine mit der rechten Hand.

Ein bisschen. Aber das war genug, um mir den Kopf zu verdrehen.

„Kopf hoch und anschnallen!", sagte die Stewardess, die uns auf den Flug schickte. Und das Flugzeug summte wie ein riesiger Käfer vor Motoren.

„Wie heißen Sie?" Ich fragte einen charmante Nachbarn.

„Was denkst du?"

„Mir."

„Für dich?"

„Julia", platzte ich aus irgendeinem Grund heraus.

„Nein", sagte sie, „zu faden Namen."

„Janette?" Ich fing an zu raten.

„Jeanne? Das habe ich einmal gewusst", sagte die Schöne und schüttelte den Kopf. „Nein wahrscheinlich nicht."

„Nun, dann Helen." Ich habe nicht nachgelassen.

„Oh nein, nicht dieser klischeehafte Gleichklang von Buchstaben. Ich bin nie in Schönheiten gegangen."

„Du kennst deinen Wert nicht", sagte ich flüsternd und lehnte mich nah an ihr Ohr.

Mit fester Hand brachte sie mich zurück in meine ursprüngliche Position.

„Junger Mann", befahl mir der Reizvolle. „Das Boarding wird storniert. Speichern Sie Ihre Fähigkeiten für jemand anderen."

Das Flugzeug schwebte über den Wolken. Und ich, als ich meinen Nachbarn ansah, stieg mit ihm in die Höhe.

„Koka!", sagte sie plötzlich und ich erstarrte und fragte mich, woher sie meinen Namen kannte, oder besser gesagt, seine liebevolle Interpretation, die niemand außer meiner Mutter benutzte. Das Mädchen sprach beredt. „Träume können unschuldig oder dumm und vulgär sein. Vulgäre passen nicht zu einem Mann, der eine Cardin-Jacke auf den Schultern trägt", fügte sie hinzu, ohne mich anzusehen. „Genau wie eine getragene, an mehreren Stellen zerrissene Socke, die an einem schneeweißen Kragen statt einer imposanten Krawatte gebunden ist."

Ich stellte mir sofort vor, wie es aussehen würde, und sagte fröhlich: „Nicht schlecht, nicht einmal schlecht. Bis auf den Geruch. Er verwirrt mich ein wenig. Aber der Rest ist fast genial."

Die Stewardess schob mit schwingendem Hüftschwung einen Wagen voller Getränke den Gang entlang.

„Ich fliege zum ersten Mal." Ein Nachbar beugte sich vertraulich zu mir.

„Heute oder allgemein?" Ich versuchte unbeholfen zu scherzen.

„Eigentlich", antwortete sie ernst.

„Wie heißt du?" Ich wechselte sofort zu „Sie".

„Ich weiß es noch nicht", und sie sah mich irgendwie abwesend an.

„Gedächtnislücken, Drogen, übermäßiger Alkoholkonsum, eine schwierige Kindheit oder...?"

„Nein, oder!", hat sie mich abgeschnitten. „Aber wenn du mich etwas nennen willst, dann nenne mich Laura."

„Wie ein Auto – ‚Lauren Dietrich'?"

„Koka, beruhige dich, sag mir besser, wie ist das Getränk – kostenlos oder musst du bezahlen?" Die Schönheit erstarrte in ungeduldiger Erwartung.

„Fliegen Sie wirklich zum ersten Mal?" Ich war wirklich überrascht.

„Wenn ich lüge, dann warne ich Sie vorher." Laura rappte. „Klar?"

„Harter Fall", dachte ich. „Provinz. Aber andererseits werden die Chancen auf eine gemeinsame Nachtschlacht sicherlich steigen."

„Trinken Sie so viel Sie möchten. Ich weine!" Ich habe beim Atmen gelogen.

„Ich bin es nicht gewohnt", sagte Laura, „dass unbekannte Männer für mich bezahlt haben." Was sie nicht daran hinderte, eine Flasche Cognac vom Tablett der Stewardess zu nehmen und ihren Inhalt in einem Zug zu leeren.

„Aber wir kennen uns schon lange", sagte ich liebevoll und legte wie zufällig meine Hand auf das Knie des Mädchens.

„Nun, Koka, du bist ein Bastard", sagte Laura mit der Stimme meiner Mutter und warf meine Hand mit fast einer Kampftechnik zurück in ihre ursprüngliche Position. Nach einer kurzen Pause verwirrte sie mich noch mehr mit einer seltsamen Frage. „Wohin fliegen wir?"

„Wie wo?" Mein letztes Wort hing in der Luft. „Oh, Dummkopf!" Ich habe mich innerlich gescholten. „Nun, natürlich ..." Und ganz im Ernst nannte er die Straße, das Haus und aus irgendeinem Grund auch die Etage, in der ich wohne.

Nun war sie an der Reihe, überrascht zu sein. „Aber wir ziehen da raus!"

Nun ja, alles ist richtig. Wie ein Korken aus einer Flasche bin ich aus meiner Heimatstadt für ein paar Wochen in Richtung Meer geflogen, um dort das angesammelte Gas über das Jahr freizusetzen.

„Keine Sorge", ich lächelte bedeutungsvoll. „Madam, wir haben immer eine Chance, zurückzugehen."

Der Nachbar sah mich mit den Augen meiner Mutter an, was für andere unsicher wäre.

„Okay, okay", sagte ich beruhigend. „Wenn nicht, dann nicht. Ich bestehe nicht darauf. Aber auf der Ebene der alltäglichen Kommunikation, oder?" Ich habe nicht aufgegeben. Warum lügen, ich mochte sie.

„Nun gut, so sei es", stimmte sie zu, kühlte aber sofort meine Hoffnungen ab. „Nur für die Dauer des Fluges."

„Nicht viel, aber irgendwo muss man ja anfangen", dachte ich und hielt sofort inne. „Was sind das für Tricks!?"

Das Flugzeug lag plötzlich unbeholfen auf seiner linken Tragfläche und seine Triebwerke begannen zu husten wie ein zahnloser alter Mann, der an einer trockenen Kruste erstickt.

Bleich wie ein Laken forderte die Stewardess alle Passagiere auf, sich anzuschnallen.

Unser Vogel wurde kopfüber geworfen.

„Wir fallen", rief Laura glücklich.

Ich hielt den Atem an. „Wie niedrig", stotterte ich dumm.

„Koka, nicht auf die Hose. Alles, was nach dir begraben werden kann, sind nur Fragmente deines Körpers. Stimmt, wenn sie gefunden werden", fügte sie schadenfroh hinzu.

„Ich will nicht", sagte ich aus irgendeinem Grund.

Die Frauen in der Kabine begannen verzweifelt zu schreien. Verliebte Paare erreichten sich in einem Anfall letzter Glücksmomente. Männer, die sich an ihr Schicksal erinnerten, drückten ihre Kinder an ihre Brust.

„Ich will nicht", wiederholte ich stur.

„Koka", sagte Laura, als wollte sie mir anbieten, entweder für Mama oder Papa einen Löffel verhassten Grieß zu essen. „Wenn es notwendig ist, dann ist es notwendig."

Der Sturz schien ewig zu dauern.

„Schade", sagte ich und wandte mich an meinen Begleiter. „Wir haben uns gerade getroffen, und hier bist du." „Auf Wiedersehen, meine Liebe, auf Wiedersehen! Es ist Schande."

„Es ist okay", versicherte sie mir. „Es passiert jedem irgendwann."

„Hören Sie." Ich war empört. „Sie könnten denken, dass Sie in einem anderen Flugzeug fliegen."

„Vielleicht", antwortete das Mädchen.

„Schade", sagte ich aus irgendeinem Grund und fügte hinzu: „Nicht für mich, für dich."

„Nun, natürlich nicht", versicherte sie mir. „Wir fliegen zusammen. Außerdem bin ich Realist. Was passieren muss, wird passieren."

„Mit anderen Worten, verschieben Sie die Dinge nicht auf morgen, wenn die Erde heute auf Sie wartet. Morgen wird es zu spät sein."

„Es wird kein Morgen geben", korrigierte mich Laura.

„Tut mir leid", sagte ich. „Schade." Er konnte sich nicht mehr zurückhalten und bot an: „Lass uns ein letztes Mal küssen und zusammen in einem tiefen Knutschfleck mit Korkenzieher sterben."

Und er selbst dachte, es ist seltsam, wie lange das Flugzeug fällt.

„Okay", stimmte das Mädchen unerwartet zu. „In einem Korkenzieher, also in einem Korkenzieher, aber erst wühle ich in meinen Papieren."

Und sie schaffte es leicht, entgegen allen Gesetzen der Aerodynamik, zu ihrer Handtasche zu gelangen und ein kleines Ledernotizbuch herauszuholen.

Das Mädchen, das es durchblätterte, fand die richtige Seite und nahm einen Stift, um dort etwas zu markieren, blieb aber plötzlich stehen und wurde rot wie eine reife Tomate.

„Anscheinend wollte sie ihren Lieben das letzte ‚Verzeihen‘ hinterlassen", dachte ich. „Oder vielleicht erinnerte sie sich an ihren Mann und schämte sich wegen mir." Plötzlich wurde mir mit Entsetzen klar, dass sie einen Ehemann haben könnte, und die Ströme der Eifersucht überschwemmten die Inseln der Realität dessen, was in mir vorging.

„Nein, noch nicht", sagte Laura zu wem sie es nicht kannte und fügte fest hinzu: „Nein."

Ich sah sie erfreut an. „Oh, jetzt küsse ich dich! Sterben –
so mit Musik."

„Nein", wiederholte sie. „Früh, noch früh. Ich habe mich
geirrt."

„Begegnungen mit mir sind immer tödlich", murmelte ich
und streckte meine Lippen nach ihr aus.

Sie stieß mich scharf weg und steckte plötzlich ihren Zeigefinger in ihr Ohr, so sehr, dass er vollständig in seinem Laby-
rinth ertrank. Sie drehte dort etwas, legte den Schalter um und
sagte erleichtert: „Ich habe es geschafft, junge Frau, ich habe es
immer noch geschafft."

Das Flugzeug kam plötzlich aus dem Trudeln und flog wieder ruhig, wie es laut Anleitung sein sollte.

Eine Stewardess flatterte wie eine Schwalbe in die Kabine
und platzte freudig heraus: „Meine Herren, unser Flug geht erfolgreich weiter."

„Unsere Flucht geht weiter." Mit dieser guten Nachricht wandte ich mich an meine liebe Nachbarin.

Aber zu meiner Überraschung war Laura nicht da.

„Was ist das für ein Unsinn?", dachte ich. – „Direkt eine Art
Besessenheit." Es war ihr unmöglich, unbemerkt zu verschwinden, weil sie in der Nähe des Bullaugenfensters saß und ich in
der Nähe des Ganges. Und nur Aminosäuren zerfallen in Atome.

Laura war nirgends zu sehen: nicht vorne, nicht hinten, nicht
links, nicht rechts, nicht oben, nicht unten.

„Junge Frau!" Ich deutete auf die Flugbegleiterin. „Hast du
meinen Nachbarn gesehen?"

„Welcher Ort?", fragte sie eifrig.

Ich sah auf den leeren Raum. „Siebenunddreißigster."

„Siebenunddreißigster", wiederholte die Blondine in der blau-
en Uniform, und nachdem sie ihre Notizen konsultiert hatte,
sagte sie mit süßer Stimme und wiegte sich auf ihren langen
und schlanken Beinen. „Mr. Thompson sitzt in der siebenund-
dreißigsten. Übrigens, hier ist er."

Zu meiner Überraschung fiel ein großer kahlköpfiger alter
Mann mit grauem Bart aus der Toilette. Alle Fluggesellschaften

der Welt beschimpfend, ging er, trat von einem Fuß auf den anderen und kratzte sich beim Gehen die ausgetrockneten Knie.

„Schau nicht auf Frauenbeine", hörte ich plötzlich Lauras Stimme. Ich schwöre. Oder vielleicht habe ich gehört?

***

Wie erwartet, nicht verspätet, aber genau nach Plan, landete das Flugzeug elegant, quetschte die lang ersehnte Landebahn unter sich, der Süden begrüßte die Nordländer mit einem sonnigen Tag und guten Prognosen für die kommenden Urlaubswochen.

Ich ging zum Taxistand und die Frauen, die ich sah, waren eine besser als die andere. Nur eine Art Blumengarten, der einen wilden Liebhaber der Flora umgibt und einfängt.

Ich selbst bemerkte nicht, wie ich meine Route änderte und der Spur eines von ihnen folgte, mich in der Menge manövrierte, damit die Schönheit nicht verloren ging. Und natürlich waren ihre attraktiven Beine mein Leitstern.

Wie ich unwissentlich auf die Straße gekommen bin, ist eine andere Frage. Das Letzte, woran ich mich erinnere, ist das Kreischen der Bremsen, der Geruch von Benzin, ein heftiger Schlag gegen meinen Kopf auf einem Felsvorsprung, wahrscheinlich einem Bordstein, und … Stille.

***

Ein alter Mann in einem langen weißen Gewand mit einem vertrauten Gesicht saß neben einer abgewetzten Ledertür.

„Wahrscheinlich ein Wachmann", dachte ich gleichgültig und versuchte, die Klingel zu drücken, um sie von innen zu öffnen.

„Warte", unterbrach er mich mit einer schmerzhaft vertrauten Stimme.

„Nun." Ich stimmte demütig zu und sprach nachdenklich, wobei ich mich an Lauras Maximen erinnerte. „Es ist okay, es passiert jedem irgendwann."

Nachdem er sich den grauen Bart gekratzt hatte, zog der alte Mann plötzlich den Saum seines langen Gewandes hoch, wie ein leichtfertiges Mädchen auf einer der nächtlichen Straßen, und sprach mit der Stimme eines Fremden, der kürzlich mit mir geflogen war: „Ich habe dich gewarnt – schau nicht auf die Beine von Frauen!" Und mit faltiger Hand über die mir vertrauten glatten, gar nicht männlichen Knie streichend, steckte der Alte den Zeigefinger ins rechte Ohr. Dort drückte etwas auf einen Schalter, und die Haustür öffnete sich von selbst vor mir. Aus der Dunkelheit zog ein Luftzug und eine scharfe Stimme mit dem Geruch von Desinfektion sagte:

„Weiter!"

Ich betrat.

AHASVER

Er spielte so, dass sogar Kriege von selbst aufhörten und die gegnerischen Seiten, sich gegenseitig drängend, versuchten, seine Darbietungen in einem überfüllten Theater zu durchdringen. Und wenn es ihnen gelang, weil es nie freie Plätze gab, dann hielten sie es lange aus und gehorchten fraglos der Macht seines göttlichen Talents. Die Welt zeigte die Sprache des Krieges, wie ein kleiner Zappel an seinem Lehrer, der nicht herausfinden konnte, wohin der Wildfang gegangen war und wie er ihn dazu bringen konnte, endlich auf die Anweisungen der Erwachsenen zu hören.

Alle Hellas waren stolz und bewunderten die Leistung des Künstlers auf der Bühne, und wie aus Dankbarkeit überraschte er ihn jedes Mal mit etwas Neuem und fand einzigartige Schattierungen und Farben in Stücken, die ohne seine Teilnahme mit dem verwöhnten Athener nicht sehr erfolgreich waren Zuschauer.

Unter der Sonne gibt es nur Platz für zwei Genies, versicherten sie – der Kommandant Alexander und er, der Diener des Theaters Filimon. Und der Künstler verzieh ihnen, dass sie jemand anderen neben seinen Namen gesetzt haben, und ließ den Eroberer der Welt herablassend in den Strahlen seines theatralischen Ruhms sonnen. Soll er, dachte er, kein Mitleid mit ihm haben, schließlich ist Alexander der Große nicht schuld, dass er im gleichen Jahrhundert wie er geboren wurde. Die Zeit wird noch alles an seinen Platz bringen, Alexander wird vergessen sein, ebenso wie ein weiterer erfolgreicher Eroberer der Welt, Pharao Sestoris, und in der Erinnerung zukünftiger Generationen wird er, Philemon, der große Künstler, bleiben, und das Jahrhundert, in dem er lebt, wird bei seinem Namen genannt werden.

***

Am nächsten Tag war in Athen die Uraufführung des Stückes des Novizen-Dramatikers angesetzt, der bei den letzten Pythischen Spielen den Siegeslorbeerzweig erhielt. Die Hauptrolle in dem Stück sollte der unübertroffene Philemon spielen, und die ganze Farbe des athenischen Adels schwatzte nur über das bevorstehende Spektakel.

Am Vorabend der Premiere ging der Künstler wie üblich an die Küste der Ägäis, um seine Stimmbänder unter freiem Himmel zu trainieren. Indem er den Wellen seine erstaunliche Klangfarbe gab, zwang er sogar den ungezügelten Wind, seine Impulse zu unterdrücken, und er schmeichelte zu Füßen des Künstlers und unterwarf sich der Kraft seines Talents.

Etwas weiter von Philemon entfernt war wie üblich sein Sklave Tichon, genannt der Glückliche, der seinem Herrn lange und treu diente, wie alte, bequeme, wenn auch seit Jahren abgenutzte Sandalen. Tichon war still und düster, aber er erschien nicht auf der Liste der Narren.

„Tichon", rief Filimon seinen Sklaven an, nachdem er die obligatorischen Sprachübungen beendet hatte, „gib mir eine Amphore."

Die Amphore enthielt den berühmten Chios-Wein, den der Künstler jedem anderen vorzog. Philemon verdünnte es mit reinem Quellwasser in einem nur ihm bekannten Verhältnis, empfing göttlichen Nektar und flößte Leib und Seele ein, was vielen von Geburt an fehlte, nämlich: das Gefühl des Fliegens und die Klarheit des Geistes.

Philemon klammerte sich gierig an die Amphore. Er machte es sich zur Gewohnheit, direkt daraus zu trinken, anstatt es in eine Tasse zu gießen. Er mochte das belebende Gurgeln, das durch den schnellen Kontakt der lebensspendenden Feuchtigkeit mit den Wänden des Krugs entsteht. Er genoss die berauschende Harmonie, die aus dem Saft eines sonnigen Straußes entstand, eingeschlossen in den Armen gut gebrannter Tonerde.

„Bei Apollo, morgen werde ich Athen wieder mit der Brillanz meines Spiels blenden!", sagte er prahlerisch und brachte Tichon die halbleere Amphore zurück. „Allerdings habe ich es schon ziemlich satt – zu leuchten und zu glühen wie eine Sonnenkorona."

„Ziehen Sie Trauerkleidung an, Sir", schlug der Sklave ruhig vor. „Oder verlegen Sie die Aufführung in die tiefste Nacht, dann wird niemand Ihre Ausstrahlung bemerken."

„Vielleicht würden Sie auch raten, den Zuhörern die Ohren zuzuhalten, damit sie meine inspirierten Monologe nicht hören?"

„Das ist auch nicht schlecht", stimmte Tichon zu, schüttelte aber, nachdem er nachgedacht hatte, den Kopf. „Es gibt nicht genug Ohrstöpsel für alle Ohren. Aber wenn Sie, mein Herr, die Last Ihres eigenen Ruhms satt haben, dann geben Sie sich der Völlerei hin und schließen Sie Ihren Mund mit einem fetten Stück Schweinefleisch."

„Du bist ein Narr, Tichon", sagte Philemon lachend. „Von Kindheit an, als mich die Not zwang, zu den Hirten zu gehen, hasste ich diese ruhelosen Kreaturen."

„Ich freue mich für sie", kicherte Tikhon.

„Für wen?" Der Künstler zog die Augenbrauen hoch. „Für Zuschauer oder für Schweine?"

„Für deine Verehrer", sagte der Sklave ausweichend.

Philemon war von Tichons zweideutiger Bemerkung nicht beleidigt. Der Herr, wenn er nicht will, hört seinen Sklaven nicht, ist also anders als er.

Tichon wusch mit den gewohnten Bewegungen seiner überarbeiteten Hände die Füße des Künstlers, trocknete sie sorgfältig ab und band ihm die Sandalen zu.

„Weißt du", sprach Philemon wieder, „manchmal scheint es mir, als würden mich weder Lob noch Ehrungen mehr erregen. Ich habe alle erdenklichen und unvorstellbaren Höhen erreicht und bin davon enttäuscht worden, wie am vergangenen Tag. Sie sind langweilig, gleich und ohne aufregende Neuheit."

„Wenn es dir nicht gefällt, dann hör auf, Clown auf der Bühne zu sein, versuche es im wirklichen Leben. Es gibt mehr Möglichkeiten zur Improvisation."

„Um im Leben herumzualbern, braucht man andere Fähigkeiten, die ich nicht habe", sagt der Künstler seufzend. Er runzelte die Stirn und sprach mit sich selbst. „In letzter Zeit scheine ich auf der Bühne die Orientierung zu verlieren. Manchmal spüre ich den Höhepunkt gar nicht, immer kommt es mir so vor, als wäre ich durchgeschlüpft, wie ein Pferd bei den Rennen der Wende. Können Sie sich vorstellen", der Künstler wandte sich wieder dem Sklaven zu, „ich bin falsch, aber dumme Zuschauer mögen es."

„Sie sind daran gewöhnt", antwortete Tichon dem Besitzer, „dass sie dich immer mögen, egal wie du spielst. Sie strömen wie Bienen zum Honig allein zu deinem Namen, damit du die Maske eines Künstlers nicht abnimmst, bis du das Ufer des Flusses des toten Styx erreichst. Und was den Höhepunkt angeht, hier sorgen Sie sich umsonst, Sir, jede athenische Hetäre wird Ihnen nützliche Anweisungen in dieser wichtigen Angelegenheit geben."

„Halt die Klappe, Rohling", sagte der Künstler ohne Bosheit und schubste den Sklaven scherzhaft weg. „Mein Spiel wird von der ganzen hellenischen Welt bewundert. Nur die Himmlischen schweigen beleidigend. Stimmt es, vielleicht haben sie einfach nicht die Zeit oder Gelegenheit, zu meinem Auftritt zu kommen?"

„Hey, verärgere die Götter nicht", spuckte Tichon abergläubisch in seine Brust.

„Nun, es wäre sogar interessant", sagte der Künstler nachdenklich.

„Nun, wenn Sie keine Angst haben, dann zögern Sie nicht. Lade die Götter zu deiner Premiere ein", schlug der Sklave vor und hetzte den Besitzer auf.

„Und warum nicht?" Der Künstler hat das Spiel unerwartet akzeptiert. Er kletterte den Küstenfelsen hinauf und erhob seine Hände zum Himmel. Nachdem er den Göttern das gebührende Lob dargebracht hatte, sagte er feierlich:

„Herren des Olymp! Ich lade Sie morgen zu meiner Aufführung ein, damit Sie die magische Kraft der Kunst schätzen lernen. Es ist ewig und daher können auch Sie es nicht stornieren. Denn der Tod in der Kunst kommt erst, wenn man das Gefühl hat, ihr nichts Neues mehr geben zu können. Aber der Weg zur Perfektion ist endlos und ich bin bereit, ihn bis zum Ende zu gehen, damit meine eigene Befriedigung durch die gespielte Rolle mit der Harmonie der von meinen Akkorden geäußerten Worte zusammenfällt."

„Wohin die Not ihn gebracht hat", murmelte Tikhon missbilligend. „Normalerweise bitten Sterbliche die Götter um etwas." Und er beschloss, es ihnen beizubringen.

„Hör auf zu zittern, Sklave, für deine eigene Haut", sagte der Künstler stolz und sah Tichon an. „Ich erinnere mich so gut wie Sie an das traurige Schicksal des Satyrs Marsyas, der beschloss, Apollo zum Wettbewerb herauszufordern, und infolge seiner Unverschämtheit sein Leben verlor. Ich kenne meinen Platz, aber wenn die Götter mir ein Künstlerschicksal bestimmt haben, dann berichte ich ihnen gerne über die geleistete Arbeit." „Außerdem", fügte er hinzu, „haben Sie zu Recht bemerkt, dass sie mich möglicherweise nicht hören, da sie es gewohnt sind, ihre gesegneten Ohren nur den Gebeten der Sterblichen zuzuwenden."

„Also würdest du sie um etwas bitten", riet Tichon düster, „keine Schatzkammer voller Gold, also selbst wenn sie Troja füllt."

„Lass Odysseus nach Troja fragen, wenn er noch nicht müde ist, um die Welt zu wandern. Ich bitte die Götter um eine echte Kleinigkeit – morgen zu meinem Auftritt zu kommen."

„Vielleicht hast du recht", stimmte Tichon dem Künstler zu. „Lass Odysseus Troja holen, und lass uns eine weitere Aufführung bekommen."

***

„Nein, liebe Vera Petrovna, alles ist wieder falsch!" Der Regisseur war offensichtlich unzufrieden. „In Ihrer Leistung ist Ranevskaya unhöflich wie ein Martinet und arrogant wie ein General." Er faltete die Hände zum Gebet und wandte sich an den Künstler. „Bitte, meine Liebe, seien Sie sanft, verwechseln Sie ‚The Cherry Orchard' nicht mit ‚Borodino'. Vergessen Sie nicht, dass Ihre Heldin Ranevskaya heißt und keine Verwandte von General Raevsky ist, dem Helden des Krieges gegen Napoleon."

Die Schauspielerin biss sich vor Groll auf die Lippe und bedeckte ihre Augenlider mit einem wütenden Glanz.

„Sie sehen, wie wunderbar." Der Regisseur wischte sich mit einem Taschentuch die Schweißtropfen von der Stirn. „Jetzt sind Sie, Vera Petrovna, einer Frau sehr ähnlich. Eine beleidigte Frau, wie sich die alternde Ranevskaya fühlen sollte."

***

Premiere morgen. Alle Tickets sind wie immer ausverkauft und das volle Haus verspricht voll zu werden. Allerdings wie immer. Schließlich gehen sie nicht einmal zu Vorstellungen, sondern auf den Namen des Regisseurs, der sie auflegt. Es gibt keine Auszeichnungen, die nicht wie Regen auf den berühmten Filimonov fallen würden, genauso wie es keine begeisterten Reaktionen gibt, die nicht wie Blumen sein Selbstwertgefühl, getestet mit Kupferrohren, überschütten würden.

„Tichon!" Filimonov rief den Bühnenarbeiter zu sich, nachdem er die Probe beendet hatte. „Hören Sie mir gut zu", sagte er, „machen Sie morgen nicht rum. Verwechseln Sie nichts, wenn Sie die Szenerie einrichten. Lassen Sie mich nicht im Stich, damit es nicht klappt, wie beim letzten Mal, als Sie es geschafft haben, die Requisiten aus dem zweiten Akt bereits im ersten Akt zu stapeln." Filimonov sah Tichon streng an. „Können Sie mir übrigens erklären, warum Sie gerade den Trog auf die Bühne gebracht haben?"

„Was meinst du warum?" Der Bühnenarbeiter grinste frech und hauchte dem Regisseur ein paar Alkohol in die Nase. „Ranevskaya sollte je nach Rolle in verärgerten Gefühlen sein. Also lass den Trog jene Tränen symbolisieren, die sie vergießen sollte."

„Ich wusste nicht, mein Lieber, dass Sie, wie sich herausstellt, ein Symbolist sind", bemerkte Filimonov und sah ihn missbilligend an. „Wann werden Sie sich beruhigen? Wie lange willst du meine Geduld auf die Probe stellen? Wohlgemerkt, es ist kein Gummi. Ich schmeiß dich aus dem Theater in die Hölle."

„Wirf mich nicht raus, bedrohe mich nicht", kicherte Tikhon.

„Wen nehmen Sie für ein solches Gehalt an meine Stelle? Außerdem werden Sie es ohne meinen Rat schwer haben, Sie werden sofort Ihre berühmte Originalität verlieren."

„Sie hoffen vergebens", fauchte der Regisseur. „Ich werde Sie in drei Nacken treten, und was Ihren Rat betrifft, so habe ich ihn seit langem unseres gemeinsamen Dienstes für Melpomene bereits vollgestopft."

„Wenn du nicht willst, tu es nicht", winkte Tichon ab. „Und ich, der Narr, wollte dir vor der Premiere noch gute Ratschläge geben." Mit einem beleidigten Blick auf Filimonov, wiederholte er: „Wenn du nicht willst, musst du nicht, ich kann schweigen."

„Den Mund halten?!" Der Regisseur konnte Tichon nicht lange böse sein, ein Lächeln erschien gegen seinen Willen auf seinem Gesicht. „Wann war das? Sag es mir besser, damit ich weiß, was ich sonst noch von dir erwarten kann?"

„Siehst du, ohne mich bist du wertlos", verkündete der Bühnenarbeiter siegreich – und gnädig gesagt. Diesmal werde ich nichts wegwerfen. Aber zu bieten – bitte. „Lassen Sie Ranevskaya ihren Mund mit einem Fächer bedecken, sonst werden ihre schiefen Zähne wie türkische Krummsäbel unsere Premiere ruinieren."

„Das ist alles?", fragte Filimonov skeptisch.

„Das ist es", nickte Tikhon zustimmend.

„Gott sei Dank." Der Direktor klopfte Tichon freundlich auf die Schulter. „In der Zeit von Tschechow hatte unser leidgeprüfter Adel ständig Probleme mit seinen Zähnen, aber sie bedeckten ihre klaffenden Münder nicht mit Bildschirmen. Also lass ihn seine Zähne zeigen, es wird authentisch sein, wie im Leben." Filimonov trat zur Seite und murmelte nachdenklich: „Ich denke, diesmal sollte alles klappen. Vielleicht spüre ich nach der Aufführung endlich, dass mein Konzept Harmonie findet und sich mit dem talentierten Spiel der Künstler verbindet. Vielleicht kann ich dann endlich sagen, dass meine Mission auf Erden beendet ist."

„Es ist Zeit." Tichon griff grob in den Monolog des berühmten Regisseurs ein. „Und dann schon, wie oft sie es versprochen haben. Sie können sich nicht ewig von Versprechen ernähren."

„Kunst ist ewig", antwortete der Direktor mechanisch.

„Vielleicht", stimmte Tichon zu, „aber sie werden schnell müde von allem Ewigen." Er schlug sich selbst auf die Brust. „Ich bin schon müde."

„Ein Sklave, der von einem Sklaven geboren wurde, wird im Inneren immer noch ein Sklave bleiben, selbst wenn er seine Freiheit erkauft."

„Du beleidigst mich schon wieder", verzog Tikhon das Gesicht.

„Nein, es geht nicht um dich", wandte Filimonov ein und fügte bitter hinzu: „Ich meine mich. Denn so wie ich damals in Athen ein Sklave der Kunst war, ohne es zu wissen, so bleibe ich jetzt, nachdem ich Besitzer eines der besten Theater Moskaus geworden bin, immer noch ein Sklave."

„Die Götter mussten nicht mutig sein", bemerkte Tichon mahnend. „Dann hätten sie sich keine Fesseln angelegt."

„Was meinst du?" Der Direktor zog überrascht die Augenbrauen hoch.

„Ich meine die Küste der Ägäis", antwortete er rachsüchtig, „Es wäre besser, um etwas zu bitten. Schließlich hören die Himmlischen Bitten besser als Moralisieren." Er zwinkerte Filimonov zu. „Möchten Sie eine neue Auszeichnung oder im schlimmsten Fall Troy?"

„Lassen Sie Odysseus Troja fragen, ob er des Wanderns müde ist", sagte der Direktor aus Gewohnheit. „Und ich werde sie bitten, morgen bei meiner Aufführung zu sein."

„Du kannst nichts tun", nickte Tichon zustimmend. „Alles, wie immer: Troja – Odysseus, wir – eine Aufführung."

***

Am Ende war hinter den Kulissen die donnernde Stimme von Ranevskaya zu hören, die mit ihrem Maskenbildner unzufrieden war. „Wann wirst du endlich lernen, wie man die richtigen Farben auswählt? Schließlich bist du ein Stylist, kein Torschütze auf Akku." Und sie war lange empört und konnte sich nicht beruhigen.

Morgen ist Premiere!

MEDIUM (PERESTROJKA)

Viereinhalb Schritte lang und zweieinhalb Schritte breit. Das ist die ganze Welt, die mich umgibt.

Ein kleines Fenster, fest vergittert direkt unter der Decke, damit ich am Lichteinfall die Tageszeit bestimmen konnte. Ein Stuhl und ein fest auf den Boden genagelter Tisch. Kojen, auf denen das Ausstrecken in voller Höhe nicht sehr realistisch ist. Das Badezimmer ist, wie erwartet, kombiniert. Vielleicht ist das alles in meiner abgelegenen Wohnung, die ich gerne, auch gegen einen ordentlichen Aufpreis, in eine andere tauschen würde. Aber aus irgendeinem Grund will das niemand.

Nun, Gott sei mit ihnen.

Jeder von uns hat seine eigene Geschichte, die auf nüchternen Magen erfunden oder in vollen Zügen gelebt wurde, die für größeres Gewicht Leben genannt wird. Aber das Leben ist ein Aufenthalt überall, begrenzt auf bestimmte Zeiträume, stark ausgeprägte Intervalle der Nahrungsaufnahme und ihrer anschließenden Ausscheidung, mit allerlei Reflexen, die sich manchmal widersprechen. Und vor allem mit einer großen Täuschung, die man anders nennen kann: entweder Erfolg oder Glück oder Liebe. Hauptsache man hat ein Ziel. Und dann wird er, der Betrug, für die Realität gehalten.

Geschichte ist etwas ganz anderes (nicht mit Schicksal verwechseln!). Jeder hat eine Geschichte hinter sich, wie die Diagnose einer Krankheit, die plötzlich aufgetreten ist oder wie eine Manie, die sich schon lange eingenistet hat. Aber definitiv von Anfang bis Ende von dir gelebt. Ich möchte wissen, wo dieses Ende ist!

Mit einem Knarren öffnet sich ein Fenster, das in die mit rostigen Metallbeschlägen besetzte Tür eingeschnitten ist. Eine Art Fernsehen der fünfziger Jahre des zwanzigsten Jahrhunderts. Und eine Hand, die komplett aus Tattoos besteht, legt einen Teller mit einem ziemlich stinkenden Eintopf auf meine faltbare „Linse". Ein Stück Brot wird daneben gelegt. Das ist, was ich brauche. Ich schnappe ihn mir zuerst. Dann nehme ich der Anstand halber eine breite Schüssel, in der ein Zinnlöffel schwimmt. Ich bedanke mich bei meinem behaarten, tätowierten Arm und setze mich an den Tisch, der fest mit dem Boden verschraubt ist, und versuche, ihn aus Gewohnheit näher an mich heranzuziehen. Und wieder geht es nicht. Aber kann ich aufgehalten werden? Wenn nicht jetzt, dann später, aber ich werde es auf jeden Fall ansprechen!

„Guten Appetit!", wünsche ich mir.

Und das „Fernsehen" beendet seine Sendung „Gute Nacht, Kinder."

Wenn ich den Eintopf nicht aus der Schüssel gieße, dann macht das der Magen von alleine. Um Ereignisse zu verhindern, verwandelt sich der Inhalt der Schüssel in diesen schwarzen Punkt, der im einfachen Volk als „finnische Tulpe" bezeichnet wird.

Brot.

Ich nehme ein ordentliches Stück des Krümels und verarbeite es mit Hilfe von Speichel und der üblichen Arbeit meiner Finger zu einer kleinen elastischen Kugel. Dann nehme ich ein Schachspiel heraus und richte die schwarzen Figuren gegen die weißen Figuren auf dem Tisch aus. Ich pfeife und das Fußballspiel meiner Kindheit beginnt.

Ich bewege die Steine zuerst für Weiß, dann für Schwarz. Ich bewundere die Technik einzelner Spieler, die versuchen, den Ball ins gegnerische Tor zu treiben, und sogar unfreiwillig mitspielen. Trotzdem spielt Pele selbst heute für die Weißen, Garrincha, Rivera sind genau dort. Auf ihrer Seite sind Best und Beckenbauer und Charlton und Platinum. Außerdem läuft das Spiel gut und läuft wie am Schnürchen.

Das Stadion explodiert jede Sekunde vor Freude. Fernsehkameras haben nur Zeit, die Momente des Spiels festzuhalten, bei denen Gänsehaut durch die Haut geht. Ich spüre auch ihre Teleobjektive auf mir.

Einer der scharfen Angriffe endet fast in einem Tor. Der Ball geht am Pfosten vorbei. Das gefällt mir und ich beschließe, einen der Betreiber, der sich darüber noch mehr aufregt, noch mehr zu verärgern. Ich stehe vor seiner Fernsehkamera und ziehe meine gestreifte Markenhose bis zu den Knien herunter. Lass ihn auf seinem Fernsehbildschirm auf meinen mageren Arsch schauen, anstatt auf das lang ersehnte Ziel. Lassen Sie das geschwollene Gesicht des Wachmanns, der vor Langeweile betäubt ist, sich entspannen. Wenn es sein muss, blase ich ihm noch einen durchdringenden Kuss von mir, bevor ich meine Hose zurückziehe. Nimm es und flipp nicht aus!

Meine Geschichte ist das Einzige, was mir geblieben ist. Manchmal amüsiert sie mich, manchmal lächelt sie, und manchmal rollt sie, von Traurigkeit berührt, eine Träne durch meine gesenkten Augenlider.

Lüge, lüge weiter!

***

In einem schönen Moment begannen sich die Köpfe im Land zu regen. Und dieser Juckreiz breitete sich auf den ganzen Körper aus. Und wenn alles juckt, ist es an der Zeit, an die Vorgeschichte zu denken. Und hier ist das Wichtigste, keinen Fehler zu machen und alles richtig beim richtigen Namen zu nennen. Und wenn Sie lügen, dann so, dass die Herzen anderer vor Freude aus der Brust springen und sie, nachdem sie sich ausgezogen haben, ihr letztes Hemd geben würden.

Also, liebe Herren, Genossen, unvergessene Brüder, es steht mir nicht zu, über vergangene Fehler zu urteilen. Ich wollte unbedingt essen. Und dann dachte ich darüber nach, meinen Beruf zu wechseln. Manchmal ist der Wechsel des gewohnten Handwerks gleichbedeutend mit dem Wechsel der Orientierung: Genauso ekelhaft und unverständlich, was kommt noch? Aber ich will essen. Und jetzt, ganz in Gedanken an morgen, wandere ich durch den Dschungel der Zeitungsanzeigen und lese das Zauberwort „Erforderlich ..." Und als ich merke, dass alle profitablen Plätze besetzt sind und es einfach unmöglich ist, mit meinem ausdrucksstarken Gesicht wie in einem Durchgangshof an die Macht zu kommen, finde ich die Zeile „Psychic Training", die ich brauche. Vielleicht ist das nötig.

Unser Lehrer ist groß und gutaussehend, mit schmerzhaft hängenden Schultern, mit einem ergrauenden Tschechow-Bart, mit einem öligen Blick auf meine Klassenkameraden gerichtet, die wie üblich mehr Männer sind.

Erst gestern hatte ein Mann ohne bestimmte Berufe – ich stelle ihn mir vor – viele gesundheitliche Probleme. Nun, wie immer ein Schuhmacher ohne Stiefel. Nicht zu wissen, wie man weiterlebt. Steht gerne im Mittelpunkt. Will von allen gehört werden. Unterrichtet gerne und liebt Geld.

„Und wer liebt sie nicht?" Grinsend antwortet mir sein Blick und fügt hinzu: „Alles ist richtig. Du hast es erraten, du Bastard."

Und jetzt zählen wir schon Karmas und begrapschen das andere Geschlecht nach allen Gesetzen des Ayurveda. Wir streuen spiritistische Pässe über den ganzen Raum, der uns umgibt. Tag für Tag bezahlen wir für das bevorstehende Vergnügen, Hellseher genannt zu werden.

„Weißt du", sagt mir Zhirik (das ist der Name unseres Lehrers), „Langeweile hier, Langeweile."

Wir trinken mit ihm Portwein, den ich mitgebracht habe, und beißen ihn aus Langeweile mit einer mit Salz bestreuten Knoblauchzehe – eine tibetische Überlebensmethode. Es brennt in ihm, und deshalb strömt die kühlende Feuchtigkeit aus meiner Aktentasche in unser Inneres und verwöhnt unser Herz-zu-Herz-Gespräch.

„Und über den Hügel?" Ich bin interessiert.

„Langeweile, Schluckauf", antwortet Zhirik.

Ich mache mir Sorgen um meine Perspektiven in meinem neu erlernten Beruf.

„Es gibt Chancen", sagt er. „Wenn Sie viel und hartnäckig beweisen, werden sie Ihnen glauben."

„Aber schließlich werde ich nicht vor Gericht arbeiten?"

„Warum braucht man ein Gericht?" Schirik ist überrascht.

„Warum glauben?"

„Nun, für den allgemeinen Seelenfrieden oder so."

„Und Ihnen?"

„Was willst du?"

„Glauben sie?"

„Wann?"

„Wenn du lügst."

„Wann lüge ich?"

„Dann wenn."

Er lacht und sagt: „Niemals", und fügt hinzu: „Wenn ich in die Politik gehe, wird jeder sofort erfahren, wo die Wahrheit die Nacht verbringt." Und mit Präsidentenstimme befiehlt er: „Gießen Sie es ein!"

Wir lächeln uns an. Trotzdem ist etwas dran.

„Ja, gibt es." Zhirik stimmt mir zu. „Möchtest du", fährt er fort, „ich werde dir eine Sache beibringen, die nicht klein erscheinen wird?"

„Komm schon", ich nicke ihm zu und schwinge meinen ganzen Körper als Antwort. Und er bringt mir lange und mühsam etwas bei, aber ich erinnere mich an nichts mehr, da die fünfte Jubiläumsflasche zur Neige geht und die sechste wie ein Bajonett auf dem Tisch liegt und uns verschmitzt zuzwinkert.

***

Am Morgen brannte die Sonne, als hätte jemand den Herd auf volle Leistung gestellt und beim Weggehen vergessen, ihn auszuschalten. Was man Bier nannte, schäumte, verströmte einen unbegreiflichen Geruch, schmeckte nach Sauerkraut, obwohl es den stolzen Namen Tuborg trug.

Nachdem ich mein Taschentuch im Brunnen eingeweicht und auf meiner Stirn glattgedrückt hatte, breitete ich meine breiten

Schultern über die ganze Bank aus. Kinder und alte Leute gingen im Garten spazieren. Einer der Veteranen kam auf mich zu.

„Wer wirst du sein?", fragte er mich.

„Unsere", meldete ich ihm kurz.

„Es ist gut, dass unsere, nur Sie müssen wissen, wie man trinkt. Einmal, nach einem Kampf, konnten wir einen Kanister reinen Alkohols, geborgt vom Fritz, für unsere Seelen nehmen, außerdem zusammen, Sie hören, zusammen mit einem Kumpel – und nicht auf einem Auge." Er kratzte sich an der Stirn und fügte hinzu: „Traditionen dürfen nicht vergessen werden, da sie unsere Ursprünge sind, müssen sie wie ein Augapfel geschützt werden."

„Da war es", antwortete ich ihm. „Wie viel Schnaps ist seitdem ausgelaufen und ..."

Ich wollte etwas anderes einwenden, aber plötzlich wurde mir klar, dass ich zu meiner unbeschreiblichen Überraschung, und ich kann sogar Angst gestehen, meinen Gesprächspartner wie ein Röntgenbild durch und durch sehe. Nein, nein, was bist du, kein Herz, keine Lunge und nicht einmal eine vom Besitzer verwöhnte Leber. Und ich sehe seine Seele noch dazu ganz und so, wie sie ist. Ich sehe sie benommen an, und sie zwinkert mir verschmitzt zu und sagt: „Hör nicht auf ihn, er lügt immer. Er hat nie gedient. Ich saß während des Krieges die Amtszeit gezogen. Oh, wie fest er saß, wie eine Laus in einem Glas. Rückfall!"

Irgendwie war mir mulmig zumute, ich würde mir das zumindest vorstellen, stehen, sogar hinfallen. Und warum war ich gestern betrunken? Jetzt machen sie mir Sorgen.

„Na gut", sagt der Alte und rückt seine Ordnungsriemen auf der Brust zurecht, „ich gehe, und du bist Pionier, lerne, sammle Erfahrungen und werde nicht krank."

Und seine Seele: „Glaub ihm nicht. Wenn er jetzt ein Maschinengewehr in der Hand hätte, wärst du kein Mieter mehr, kein Mieter. Er liebt deinen Bruder nicht. Oh, wie er es nicht mag."

Und sie gehen Händchen haltend und singen die Hymne eines großen Landes.

Das ist etwas Unsinn. Ich gehe die Straße hinunter, ein Mädchen von außergewöhnlicher Schönheit kommt auf mich zu. Ein Bein, ordentlich verpackt mit einem kurzen Rock, der sich lohnt. Im Allgemeinen ist sie elegant gekleidet, attraktiv und glänzt mit ihrer Ordentlichkeit. Ich hebe meine Augen und sehe ihre Seele, klein, ganz schmutzig, wenn nicht schlimmer. Ich lächle sie an. Und sie antwortete mir: „Fick dich ... du Ziege!"

Und ich ging. Ich gehe weiter. Ein Mann in einer Soutane beleuchtet einen neu eröffneten Supermarkt. Gießt Weihwasser links und rechts, ausgehend von den Stufen. „Interessant", denke ich, „was will die Seele eines gedankenreinen Menschen in einem solchen Augenblick?" Und wieder bin ich überrascht. Die Seele des Geistlichen zählt wie auf einem Computer an seinen Fingern den Gewinn aus dieser Veranstaltung sowie die morgigen Einnahmen für den Verkauf von Kerzen und die Trauerfeier für den früh verstorbenen Diener Gottes Nikolaus. „Erde ruhe in Frieden mit ihm", denke ich und frage. „Herr, denk an einen Narren! – entweder über dich selbst oder über jemand anderen." Und ich gehe, ich gehe weiter, damit ich wieder mit meiner Vision wie ein Röntgengerät die Seelen der Menschen hervorheben kann, die ich treffe. Tauchen Sie ein in ihre Ambitionen, zerquetschen Sie ihren Schmutz, stürzen Sie sich in banale Untreue und sogar in Frotteelügen, die mit pathologischem Hass vermischt sind. Das ist es.

Und wenn mich das alles zuerst interessierte, warum lügen, dann wurde es später irgendwie unangenehm. Aber was mich freute und beruhigte, war, dass ich nicht in meine eigene Seele schauen konnte, selbst wenn ich vor dem Spiegel stand. Das Geschenk, das ich zur Selbstgeißelung erhalten habe, hat nicht funktioniert, und dafür war ich Zhirik dankbar. Hör zu, Zhirik!!!

***

Mein Fernseher ging wieder an. Es ist Zeit, den Container zurückzubringen. Irgendwie beschloss ich sarkastisch zu sein und verlangte vom Wachmann, wie weltweit üblich, für die Rückgabe des Geschirrs eine Kaution. Am nächsten Tag streckte ich leichtgläubig meine Hände nach der Schale aus, die mir zusteht. Der Inhalt des „Mittagessens" aus dem Fass durch eine Verdünnungskelle im einfachen Volk verbrannte angenehm meine ausgestreckten Handflächen. Das laute Gelächter des „Splitters" (Leser, Aufseher) vor der Tür bestätigte mir meine etwas herzliche Vorstellung, dass Armut Zähne hat und ein Humoranfall manchmal einem Osteochondroseanfall gleicht. Nur ist mir alles egal ... Wie Massai an eine Trommel klopfen, wenn sie einen der verlorenen Geister sehen, so klappere ich mit einem Löffel auf einer leeren Schüssel und gebe sie meinem Schutzengel zurück. Ein dicker schwarzer Schnurrbart und Wangen erscheinen in der Türöffnung, rasiert in einem quadratischen Nest. farblose Augen, „Was?", fragt er in reinem Spanisch.

„Was, was", wiederhole ich seinen Tonfall. „Ich will eine Großmutter, laut Signorita."

„Vielleicht kommst du mit der Signora klar?"

„Ich bin ein Anhänger von Reinheit und Integrität", antworte ich.

„Ich verstehe nicht", sagt er.

„Was verstehst du nicht?"

„Was ist Unschuld?"

„Um ehrlich zu sein, verstehe ich mich selbst nicht", beruhige ich ihn, „aber ich möchte es!"

„Sie kümmern sich nicht um alles. Verstehe nicht."

„Du verstehst alles", fange ich an, meinen Charakter zu zeigen und wechsle ins Chinesische.

„Das ist es", stimmt er zu und antwortet mir auf Japanisch. „Aber ich verstehe nicht, warum du lebenslang ins Gefängnis musstest?"

„Beine halten nicht", also setzte er sich.

„Nun, setz dich hin", antwortet er mir. „Und die Frau, wenn du wirklich willst, nimm die da drüben", und er schielt zur Zellenwand, wo eine von mir gemalte nackte Schönheit mit weit gespreizten Beinen zur Schau steht, als würde sie Neuankömmlinge willkommen heißen.

„Machen Sie einfach ein Loch, wo es größer sein soll, damit alles abgemacht wird", lässt der Schnurrbart nicht locker.

„Wie? Mit deinem Zinnlöffel?"

„Was immer Sie wollen", zwinkert das Auge meines Gegenübers. Schlag unter der Gürtellinie.

„Okay", sage ich, „getröstet, Sonnenschein."

Hinter der Tür ertönt ein ohrenbetäubendes Gebrüll.

„Lachen, lachen", sage ich. „Ich kann mich nirgendwo beeilen, aber du wirst sowieso bald gefeuert", ich trete auf seine wunde Stelle. „Du wirst auf die Plantagen gehen und hart arbeiten, denn außer den Kindern weißt du nichts zu tun."

„Wie?" Lachen bricht in einem halben Seufzer ab.

„Aber so. Ihr Chef hat gestern ein Gipfeltreffen mit mir abgehalten und mich um Rat gefragt, was er mit Ihnen machen soll."

„Du lügst", der Schnurrbart ist nervös.

„Warum? Er fragte mich, was ich mochte und was ich nicht mochte."

„Und was hast du geantwortet?"

„Wenn ‚was' – also, jeder mag es, und wenn ‚wer' – also nicht sehr."

„Na und?"

„Schlimm", antworte ich. „Sie werden dich feuern."

„Sie werden dich nicht feuern", sein Schnurrbart sträubt sich. „Hier ist eine hölzerne Dummheit: Wir werden uns zurückziehen."

„Bis zur Rente bleibt Ihnen nichts übrig. Die Frau Ihres Chefs wird Sie an den Haaren herausziehen."

„Ha-ha-ha", der Mund tritt spielerisch ins Scharmützel und fügt hinzu, „und die Ohren werden ausgestreckt, wie Hasen zur Steigerung der Berufsorientierung."

„Und wo sind wir?" Die Ohren, die nicht in den „Fernseher" gepasst haben, sind empört.

„Okay", sage ich ihnen allen, „lassen Sie Ihre Leitungen für den Heimgebrauch. Ich verschwende nur meine Zeit mit dir."

Ich gehe zum Tisch, um mein Spiel fortzusetzen, und verabschiede mich. „Halt die Klappe, Sim-Sim."

„Hören Sie", schreit der Wärter hinter mir her. „Was ist die Punktzahl?"

„Immer noch keine."

„Wie!" Er ist empört über die Begeisterung eines betrogenen Ehemanns. Für Lateinamerika ist Fußball das Wichtigste im Leben.

„Ja", antworte ich.

„Hör zu", fragt er, „spiel mit den Weißen, ich wette auf sie beim Gewinnspiel. ABER?"

Ich drehe mich scharf um, mache mit beiden Händen gleichzeitig eine Kombination aus drei Fingern und schicke sie seinem verblichenen Blick entgegen.

„Die Russen geben nicht auf!", rufe ich, nachdem sich das Fenster mit einem Gebrüll geschlossen hat.

Heute habe ich Russen in schwarzen Uniformen.

**

Also ist es nicht an mir zu bestimmen, wie rein meine Seele ist. Gleichzeitig erkannte ich, da ich jedes Mal die Gelegenheit hatte, die Quellen der Selbsterkenntnis anderer Menschen zu betrachten, dass ich nicht lange durchhalten würde. Schließlich ist es so einfach, verrückt zu werden, wie vom Trittbrett einer Straßenbahn zu springen.

Kann ich die Fähigkeiten, die sich in mir erschlossen haben, für friedliche Zwecke nutzen? Sicherlich nicht. Wer will mehr über ihn wissen als bei den Staatssicherheitsdiensten?! Und natürlich werde ich nicht zum Sicherheitsdienst gehen. genetische Unverträglichkeit.

Ich habe darüber nachgedacht. Muss etwas tun. Zhirik, der uns mit seiner kalligraphischen Unterschrift beglaubigte Diplome überreichte, verschmolz mit dem Nebel des kommenden

Tages und ließ mir keine Chance, mich vom Eintauchen in die Unterwäsche eines anderen zu erholen. Es war unmöglich, ihn aus der Nichtexistenz zurückzubringen, was bedeutet, sich selbst zu helfen.

Ich habe eine rosa Brille gekauft. Warum, das ist jedem Narren klar, mir auch ... Und ich hätte leichter werden sollen. Manchmal können Schönheitsreparaturen als das Ende des großen Baus des Jahrhunderts abgetan werden. Alles und jeden in Pink zu sehen, ist eine großartige Idee. Eine Idee, die an den Händen nicht zu schlagen ist. Aber sie half mir wie ein toter Umschlag.

Ich schlug das Märchenbuch auf und las: „Es war einmal ...“

***

Einmal, als ich mit meiner völlig erschöpften Seele den mit Schlamm bedeckten Flussdamm entlangging, in der Nähe des gusseisernen Zauns, sah ich ein hübsches Mädchen von sechzehn Jahren in einem weißen Kleid und aus irgendeinem Grund barfuß ruhen oder einfach gähnen vom Nichtstun. Sie hielt einen kleinen Hund im Arm.

Ich sah das Mädchen rein mechanisch an und war, das übliche Ergebnis erwartend, unglaublich überrascht. Herr, wie angenehm ist es, in einen heißen, knarrenden Tag aus Sand und Staub einzutauchen, in eine kühle Reinheit der Seele!

Ich stand vor ihr und schaute in ihre Seele, wie ein Schuljunge, der zuerst ins Museum kam, auf die Gemälde von Renoir schaut. Ich bewunderte sie, und sie lächelte mich offen und aufrichtig an.

Das Mädchen, das meinen Blick bemerkte, errötete wie eine reife Erdbeere voller Reife. Und ich schwamm, schwamm auf den Wellen der Zärtlichkeit, die mich erfüllten. Aber als echter Gentleman, um die junge Dame nicht mit seinem Blick in Verlegenheit zu bringen, wandte er den Blick ab, um im nächsten

Moment unangemessen herauszuplatzen: „Was, Ihre Vorfahren haben kein Geld für Schuhe?"

Sie flatterte überrascht mit den Wimpern, wie eine Ampel, die einem müden Reisenden grünes Licht verspricht.

„Mein Spann ist hoch und meine Sandalen sind immer eng", ertönte ihre sanfte Stimme und streichelte meine Ohren mit samtigen Klängen. Das Mädchen zeigte auf die neben mir stehenden Fesseln, was ich nicht gleich bemerkte.

„Sind das Schuhe?" Ich sagte: „Das sind nur Kristallpantoffeln." Und ich dachte mir: „Wer hat diesen wunderbaren Beinen zwei Schuhe mit Riemen angezogen?"

„Es ist ein Salamander."

„Schön", log ich. „Sie sind ihren Namen wert."

„Wahrheit?", fragte sie naiv.

„Sogar einige. Übrigens, dieser wundervolle Hund ...", begann ich.

„Kitty", sagte mir ihre Seele.

„Der Name ist Kitty", schnappte ich.

„Und woher weißt du, wie sie heißt?" Das Mädchen war überrascht.

„Von wo, woher?" Ich tat so, als würde ich mein Gesicht wie Wackelpudding stirnrunzeln. „Sie ist gesprächig mit Ihnen."

„Kätzchen?"

„Natürlich, aber wer sonst?" Und ich streckte meine Hand aus und tätschelte Kittys Ohr voller Respekt. „Dein Freund ist mein Freund."

Als Antwort jaulte der kleine Hund zweimal und entblößte seine Zähne und zeigte seine Zähne.

„Also", sagte ich, „die Bekanntschaft fand statt und das Treffen wurde auf der höchsten Ebene des gegenseitigen Verständnisses abgehalten. Übrigens, Kitty, wie heißt deine Vermieterin?"

„Larisa", sagte das Mädchen.

„Natürlich, Larisa", antwortete ich ihr. Ich habe keinen anderen Namen erwartet.

Und wir gingen spazieren.

Larisa trug ihren kleinkalibrigen Hund und ich trug ihre Schuhe, und gleichzeitig fühlte ich mich wie ein echter Prinz, der endlich sein Aschenputtel gefunden hatte. Und es tat ihm so leid, als er ihre kindlich naive Rede hörte, dass sie erst sechzehn Jahre alt war. Wie alt muss ich ihr vorgekommen sein! Und wie bereute ich unseren Altersunterschied von bis zu zehn Jahren!

Der schönste Tag meines Lebens verging schnell und unwiderruflich. Aber ich habe es noch nicht verstanden.

Ich bin für genau fünf Jahre aus der Stadt verschwunden. Genau fünf Jahre lang habe ich versucht, meine erworbene Gabe wieder loszuwerden, aber alles ohne Erfolg. Wo ich einfach nicht tragen. Ich hatte ein Gespräch mit dem tibetischen Dalai Lama. Der Papst war mit mir entsetzt, und der Metropolit von ganz Russland sagte zu mir: „Sei stark, mein Sohn!" Und ich wurde von „Riesling", „Dornfelder" und einer Art französisch-moldawischem Überlauf festgemacht. „Rebbe, hörst du? Hat nicht geholfen. Hat nicht geholfen!"

Sehr verloren und sehr vorsichtig, wie Schnee, der plötzlich in eine Zweizimmerwohnung fiel, fiel ich aus, oder besser gesagt, kehrte in mein Heimatland zurück und sah die einzige Rettung darin, meine verlorenen Illusionen zusammen mit einem Mädchen von der Böschung zu finden, selbst wenn es klingt ganz französisch, vom Damm der Hoffnungen und Nebel.

„Wo bist du, Sonnenschein? Hier bin ich. Ich bin zurück!"

Schweigen.

Zähflüssig, wie Herbstschlamm.

Schweigen.

Wie ein Hund heulend, mehrere ängstliche Nächte auf dem Mond, folgte ich immer noch ihrer Spur.

***

„Hör zu, warum heißt du Spiel?", fragte ich einen adretten jungen Mann in einer purpurroten Jacke.

„Ja, er ist Shpilkin, Shpilkin – seine Seele hat mich aufgefordert." Sie lispelten beide: „Die Seele und ihr Besitzer."

„Nun, ich weiß nicht, Klassenkameraden wollten es so", winkte er ab.

„Ja, ja, Sie saßen am selben Schreibtisch. Zusammen von der Schule zurückgekehrt, trugen Sie ihre Aktentasche."

„Rucksack", korrigierte er mich.

„Zuerst – eine Aktentasche, dann – ein Rucksack", habe ich angegeben.

„Gut", stimmte Spiel zu. „Was spielt es für eine Rolle, was ich getragen habe. Sag mir, warum hast du Larisa gebraucht?"

„Ich bin ein Freund." Ich überraschte ihn mit meinem leicht unwahren Aussehen und fügte aus irgendeinem Grund hinzu: „Oder besser gesagt, ich bin ein Freund ihres Vaters."

Er musterte mich aufmerksam von Kopf bis Fuß. „Vater? Welcher Vater? Real oder Ersatz?"

„Beides." Ich war nicht überrascht.

Er sah mich gleichgültig an, wie durch seine Finger. Und seine Seele schielte und führte mich zu dem Anblick.

„Wo sie ist, weiß ich nicht", log mein Gesprächspartner.

„Genau, genau er lügt." Sein Bauch konnte sich nicht zurückhalten.

„Es heißt, sie sei ausgestiegen, um einen Deutschen zu heiraten, und sei nach Deutschland abgehauen", verzog Shpil seine Linie.

„Welches andere Deutsch?", setzte ich mein Verhör fort.

„Tolstoi", grinste Shpilkin, „mit einer solchen Schnauze." Und seine Hände beschrieben einen großen Kreis um sein Gesicht. Und am überraschendsten fielen die Wangen und Ohren des Turms selbst aus dem Rand dieses Kreises heraus, wie Fettfalten, die aus einem plump geschnürten Korsett fallen.

Aber was ist mit seiner Seele? Ich starrte sie an wie eine schlechte Tänzerin bei „guten Umständen".

„Chernyshevsky Street 13, die Firma ‚Düsen des Mutterlandes', Vorovay Ulyana, durchschnittliche Größe, näher an einem Zwerg, keine Zahl, die Anzahl der Akne übersteigt deutlich die

Menge an Intelligenz. Such ihn nicht", ermahnte mich meine Seele, „leg dich nicht mit Akne an, das wird teurer."

„Warst du ihr Junge?" Ich fragte die purpurrote Jacke: „Warum hast du sie gehen lassen?"

„Und du fragst sie", antwortete er mir kühn und versuchte, seinen Ton weicher zu machen, damit nichts Unvorhersehbares herauskam. Er fügte hinzu: „Ich habe sie wirklich geliebt, fest, fest, wie Romeo seine Julia, wie ..."

„Hören Sie", ich unterbrach ihn, „nur die Tür ist fest verschlossen, aber sie lieben ..."

„Aber ich muss damit zu tun haben", unterbrach mich seine gekränkte Seele wiederum. „Sie werden Namen nennen, beleidigen, Sie eine unbedeutende kleine Seele nennen." Es war, als würde ich das Mädchen verkaufen. „Das gleiche Geschäft für mich – 300 USD von jedem Beinpaar. Arbeite mit Verlust. Kauf wenigstens etwas für mich", und die Seele seufzte schwer. „Die Seele leidet, beruhige sie, kauf ihr was, nein, im Casino, beim Roulette, im gelben Mercedes. Alles, bis zum letzten Cent", pflanzte er und weinte dann die ganze Nacht, ohne zu wissen, wen er mehr bedauern sollte – sie (seine Liebe) oder das verlorene Geld. „Alles!!!" Und seine Seele vergrub sich ärgerlich in sich selbst.

Ich fühlte mich traurig, traurig. Ich ging, ohne mich auch nur zu verabschieden, ohne auch nur mit meiner stillen Verachtung zu donnern. Aber dann konnte er nicht verstehen, warum Shpilkin ein paar Tage später von der Polizei in einem Teich erwischt wurde, blau und geschwollen? Und wer hat ihm geholfen oder wer hat ihn gezwungen, Ende November in einem öffentlichen Teich zu spülen und stolze weiße Schwäne mit seiner seltsamen Anwesenheit zu stören?

Wahrlich, die Wege des Herrn sind unergründlich!

***

Das Stadion heulte vor Freude, Freude leuchtete auf den Gesichtern der Menschen auf. Nun, Chislenko, nun, ein Schurke! So eine Bank gründen! Rechtes Extrem von Gott. Der Ball landete wie ein Nagel im Fass in den Top 9: Bang! und gehämmert. Nun, Chislenko, nun, das richtige Extrem!

Eine schöne Einheit erschien auf der Anzeigetafel:

1:0

und natürlich zu unseren Gunsten!

***

„Möchten Sie zur globalen Wirtschaft beitragen?", fragte mich eine auffallend hässliche Ulyana Vorovay.

„Kaution?", fragte ich sie und sie schüttelte kokett den Kopf. „Warum nicht? Seit meiner Kindheit hatte ich eine Schwäche für diesen Bereich."

Ach, rothaariger Teufel, die Frage nach dem Beitrag und dessen Wert beschäftigte meine neue Bekanntschaft mehr als alles andere. Ihre Augen waren voller Hormone. Obwohl ich verstand, dass das Einsteigen in ihr Bett dem Einsteigen in den elektrischen Stuhl gleichkam und das gleiche Ergebnis drohte, ließ ich ihre Seele dennoch nicht aus den Augen.

Die Rothaarige setzte mich ihr gegenüber auf einen Stuhl, und als würde ich eine Szene aus einem sensationellen Film wiederholen, begann ich nach einer gewissen Zeit, meine Beine an den Knien entweder auseinander zu drücken oder zu kreuzen.

„Ich sehe nicht gut", informierte mich die Gesprächspartnerin, setzte eine Brille auf die Nase, ähnlich einem Theaterfernglas, und fügte wie entschuldigend hinzu. „Links – minus 3, rechts – minus ...", ich erinnere mich nicht.

„Ich ziehe meine Hose sowieso nicht aus", schoss es mir durch den Kopf. Aber ich habe anders geantwortet. „Die Folgen von Tschernobyl bluten noch immer in unseren Augen."

„Ja, ja, ja", stimmte sie mir hastig zu und wechselte mühsam in einen geschäftlichen Ton. „Unsere Kanzlei arbeitet in der Regel mit Frauen. Aber ..."

„Aber?"

„Aber Männer haben im Allgemeinen das Recht, an unserer Struktur teilzunehmen."

Von diesem vielversprechenden Anfang an war ich von Stolz auf alle geborenen und ungeborenen Männer zerrissen. „Ich bin sehr froh!"

„Für die Möglichkeit, einen Beitrag zu leisten?"

„Für Männer", antwortete ich und glättete meine Koteletten, die sich im Luftzug verirrt hatten. „Zuallererst für sie und dann für ihren Beitrag!"

Mein letzter Satz brachte die Bürodame dazu, ihre Kiefer wieder in ihre normale Position zu bringen. Und sie kehrten mit einem eigentümlichen Geräusch zurück, wie das Kreischen einer ungeölten Tür.

„Das Geschirr abwaschen?" Ulyana aufgeschlitzt in der Stimme eines Sergeanten.

„Werden!"

„Bereit, Parkplätze, Einkaufswagen, Mülleimer zu sichern?"

„Immer bereit!" Ich grüßte wie ein Pionier.

„Okay", sagte sie, holte Luft und tauchte in Erinnerungen an ihre ferne Kindheit ein.

Was bewirkt der lebensspendende Pioniergruß!

„Name, Nachname, Profil", schlage ich ihr vor.

„Ja." Ulyana stimmt mir zu und holt einen Stapel Papiere aus einer Schublade heraus. „Füllst du es auf Estnisch aus?", fragt sie und will anscheinend überraschen.

„Natürlich nur auf Estnisch", sage ich unterwürfig. „Finden Sie einen Narren, der in der Hauptstadt seines Heimatlandes einen Fragebogen auf Russisch ausfüllt."

„Was ist Ihr Kapital?" Madame Vorovay ist interessiert.

„Ich habe Moskau, schau aus dem Fenster. Und bei Ihnen?"

„Haben Sie das College abgeschlossen?" Sie antwortet mir mit einer Frage.

„Akademie, alte Frau, Akademie", erkläre ich ihr. „Wo hin?"
Schließlich weiß ich bereits, ohne in deine Seele zu schauen, was es ist und wie viel sein Preis höher oder niedriger ist als ein von jemandem als unnötig geworfener Penny.

Eine Firma, die sich auf den Verkauf menschlicher Hoffnungen spezialisiert hat.

***

Nun, hier ist das zweite Ziel. Der Verteidiger warf den Ball versehentlich zurück zu seinem Torhüter und derselbe Uwe Seeler erwies sich als agiler als alle anderen.

2:0

Kennen Sie unsere!

***

Beim Durchsuchen einer im Büro „geliehenen" Diskette mit den Adressen von Frauen, die die Firma zum Geldverdienen schickt, finde ich schnell Name und Adresse der Empfängerin der benötigten „Ware".

Na klar, Deutschland. Der Turm hat nicht gelogen, Gott ruhe seiner Seele. Wieder Deutschland. Es hat sich gelohnt, den Krieg zu gewinnen, um freiwillig auf eigene Kosten dorthin zu gehen. Schließlich wurden sie in den vierziger Jahren des letzten Jahrhunderts kostenlos dorthin gebracht.

„Ah!", rufe ich. Der Finger, in den Frau Vorovai so unpassend eingedrungen war, schmerzte wieder und versuchte, ihn nicht freundlich (und wir wurden Freunde) abzubeißen.

Oh, schelmische Frau! Ich wollte nicht in ein Bad mit Salzsäure steigen. Wie oft habe ich gesagt, dass man einen Fremden nicht besuchen kann! Es ist unmöglich, sich wie ein Schwein versammelt zu haben, um eine solche Aggressivität zu zeigen! Wenn sie dir alles Gute wünschen und deinen von der Liebe noch nicht erkalteten Körper mit einer kühlen Flüssigkeit erfrischen wollen, dann solltest du nicht dumm sein. Und was spielt es im Wesentlichen für eine Rolle, was diese Feuchtigkeit ist? Die Hauptsache ist der Wunsch zu helfen! Kann Hilfe vernachlässigt werden? Nun, wenn etwas nicht stimmt und Sie sich nicht mehr um Ihre Gesundheit kümmern, dann denken Sie zumindest an die Gesundheit anderer, sie müssen immer noch leben und leben.

Und als ich mich an die letzten Tritte der rothaarigen Ulyana erinnere, blase ich wie ein kleiner Junge, der sich versehentlich in den Finger geklemmt hat, darauf und streichle mich über den Kopf.

***

Der deutsche Arbeitgeber des gesuchten Mädchens entpuppte sich als ein untersetzter, niedergeschlagener Mann von mediterranem Aussehen, mit behaarter Brust, behaarten Armen und einer behaarten Seele.

„Guten Tag, Herr Ausländer!", begrüßte er mich, was übersetzt aus seiner Intonation bedeutete: „Was magst du, Hund?"

Um ihn nicht zu kränken, wechselte ich auch auf literarisches Deutsch. „Mach die Klappe zu, Schei;e! Warten Sie nicht auf die Überweisung, das wird es nicht."

Nach einer Pause, damit unser Selbstwertgefühl friedlich koexistieren konnte, reichte ich ihm meine Hand zum Händedruck. Als Antwort packte er plötzlich meine Schultern und begann mich leidenschaftlich auf beide Wangen zu küssen. Aus irgendeinem Grund glauben die meisten Menschen, die im Westen leben, dass Menschen, die aus unserer Region kommen, sich während eines Treffens bei der ersten Gelegenheit und an allen Orten, die sich bieten, küssen, anscheinend um ihre Friedfertigkeit zu beweisen.

„Sie verstehen", sagte er, „mein Geschäft ist einfach, aber die Arbeit darin ist hart und erfordert unmenschliche Anstrengungen. Und es gab kein Geld, und nein."

„Wenden Sie sich an den Währungsfonds", schlug ich ihm vor.

Aber er hat nicht auf mich gehört. „Und warum haben sie die Mauer zerstört?" Er zögerte nicht.

„Lass uns einen neuen bauen!"

„Lasst uns!"

„Was ist mit Ihrem Geschäft?"

Der Mann lachte laut auf.

„Lass uns einen Tee trinken gehen", schlug er vor.

„Wie die Engländer", sagte ich.

„Wie Türken", antwortete mir der haarige Mann.

Und wir gingen.

Wir haben mit ihm Tee getrunken und entweder eine Wasserpfeife oder etwas anderes geraucht. Aber die Seelen von diesem Rauch juckten und juckten stark, wie die von räudigen Hunden.

„Gutes, gutes Mädchen", sagte die Janitscharin zu mir. „Schön, stattlich, mit stolzem Blick, aber traurig." „Einverstanden?", fragte er mich, „sehr traurig", und fügte hinzu, als wolle er sich vor mir rechtfertigen. „Aber sie hatte Glück, sie hatte Glück, sie arbeitete offiziell, wie erwartet, in einer der einheimischen Familien. Sie kümmerte sich um die Alten. Und dann hatte sie Glück, Glück. Sie hat geheiratet", hat er mich weiter angelogen. „Gut gemacht. Und jetzt ziehen sie und ihr Mann Kinder groß. Entweder in Frankreich oder in der Mongolei, ich weiß es nicht mehr genau, oder vielleicht hier in Deutschland. Aber es tut mir leid", er machte eine dramatische Geste mit den Händen, „sie sagen uns nichts davon."

„Natürlich, natürlich", sagte ich nicht. „Warum musst du das wirklich wissen?"

„Verstanden! O List, O List!" zwinkerte mir der Janitschare verschmitzt zu. „Aber ich habe seine haarige Seele schon wie ein offenes Buch gelesen. Und ich habe das Cover dieses Comics zugeschlagen, damit, Gott bewahre, der Inhalt nicht in die Gedanken anderer Leute überschwappt."

„Das Wichtigste im Leben ist, sich von etwas abzustoßen", sagte ich aus irgendeinem Grund. „Wie eine Rakete aus einem Schritt."

„Wovon redest du?" Zuerst war er überrascht, und dann, nachdem er nachgedacht hatte, antwortete er selbst: „Nun, ja, Sie sind alle roten Militaristen, wenn etwas schief geht, sofort über die Raketen. Bei uns geht es um Allah und bei dir um Raketen." Er lachte so laut, dass die Fenster in den Häusern am fernen Bosporus zitterten.

Zum Abschied fragte ich ihn noch einmal: „Also, Lateinamerika?"

„Was ist mit Amerika?", fragte er sich.

„Menschenhandel ist nicht gut."

„Was meinst du? Wirf es weg", der Nachkomme der großen Saladins winkte mir zu. „Wir werden stündlich verkauft und gekauft. Und nichts – wir leben!"

„Nun, über das Leben", sagte ich, „das ist auch meine Großmutter in zwei Sätzen gesagt."

„Grüß deine Großmutter." Seine Seele lachte mir nach.

***

3:0

Mein deutscher Freund schoss wie eine Rakete aus seinem nagelneuen Auto und explodierte mit ihm auf dem Heimweg.

„Wohin fliegst du jetzt, mein geliebter Pilot?"

Stille. In aller Stille.

***

Und seit vielen Jahren wandere ich durch ein mir fremdes Land, überquere Grenzen, schwimme über Flüsse, springe über Berge.

Und das Ergebnis ist das gleiche: Der Adressat erscheint nicht, er ist in unbekannter Richtung abgereist. Geh, Kosmopolit!

Und nur irgendwo fange ich etwas an, hoffe und freue mich sogar, bam! zwischen den Augen der Enttäuschung, wie ein Stein, „nein!" Entweder ist die Spur verschwunden, oder sie ist wieder undeutlich oder gespenstisch, wie die Reflexion eines Strahls in einem schlammigen Bach.

„Mensch", sagt Sanchez, mein neuer Freund. „Gestern hat ein Getränk einen Preis gekostet, heute einen anderen", wundert er sich. Wird es jemals billiger? Und alles wird immer teurer.

Ich erhebe Einspruch. „Amigo, es ist kein Getränk, das im Preis gestiegen ist, aber du und ich werden mit jedem neuen Tag teurer und wir werden immer mehr respektiert. Und angesehene Leute zahlen höhere Preise, um nicht in die eigenen Augen zu fallen."

„So ist das", setzt er mit mir ein herzliches Gespräch fort, aber aus irgendeinem Grund kommt mir die Stimme schon bekannt vor. „Aber ich will essen." Und er sammelt Rotz in seiner breiten slawischen Faust.

„Zhirik!" Ich erkenne ihn glücklich wieder.

„Sanchez", antwortet er.

„Seit wann?"

Mein Gesprächspartner hebt seine Augen zum Himmel.

„Was meinst du mit Sternen?"

„Was kann ich von ihnen nehmen? Sie sind wie ein Haufen Jahre, versuchen Sie, sie zu identifizieren." Und seufzend fügt er hinzu: „Der Sternenkalender ist immer noch so ein Mist. Ich benutze es seit ich denken kann, aber kein Vergnügen."

„Sanchez", ich tauche wieder auf, „bist du Ahasver?"

„Ich bin Zhirik", antwortet er beiläufig. „Natürlich Zhirik."

„Was hast du mit mir gemacht, Zhirik?" Ich lasse nicht locker und erinnere mich an meine Probleme.

„Und was? Was habe ich damit zu tun? Portwein musste nicht getrunken werden. Bei solchem Wein kann der Hase vergessen, dass er ein Playboy-Symbol ist."

„Sei nicht dunkel, hilf", bitte ich ihn.

„Angesehene Leute sollten mit Cognac behandelt werden, besser gealtert", und er schluckte laut.

„Was sollte ich jetzt tun?"

„Ja, wenn ich helfen könnte", er war empört, „würde ich dich foltern, und das sogar mitten im Nirgendwo?" „Bei einem Kater kam die ganze Kraft des Urins heraus. Wann es zurückkommt, weiß ich nicht. Also, sei geduldig", beruhigt mich Zhirik, „sei geduldig, Kosake. Und ich muss zur Sitzung des Oberhauses gehen."

„Was für eine Kammer?", denke ich. „Vielleicht ist mein Lehrer in einer psychiatrischen Klinik gelandet?"

Und wir verabschieden uns ganz brüderlich von ihm. Auf eine mediale Art. Sich gegenseitig wünschend, das kommende Morgen zu treffen und davon nicht enttäuscht zu werden.

„Ja", sagt er zum Abschied zu mir, „dein Schatz ist in einer Nachbarstadt. Da, jenseits des Flusses." Und er winkt mir sein nicht das erste Frische-Taschentuch zu, wie ein Verkehrskontrolleur, der Panzer mit Kavallerie züchtet, und zeigt mir die Richtung, in die ich mich bewegen soll.

Und ich ziehe um.

„Überquere nicht die Furt", weist mich Zhirik an, „verdirb den Krokodilen nicht den Appetit."

„Danke", ich danke ihm und versichere ihm, „sie werden heute keine Verdauungsstörungen haben, sie werden nicht."

Und wir trennen uns von ihm.

***

3:1

Wow, drei zu eins! Das Stadion ist in Totenstille gehüllt. Nur ein Seufzer der Enttäuschung fegte wie eine Welle durch die Tribünen. Trotzdem, wer vermisst schon gerne, wen?!

Wie gut ich behandelt wurde in diesem fernen und sonnigen Land. Stimmt, um ehrlich zu sein, vielleicht geschäftlich. Stecken Sie Ihre Nase nicht mit Ihrer Urkunde in das Kloster eines anderen.

„Was ist mit deinem Gesicht passiert?", fragt mich ein zufälliger Passant. „Den Bürgersteig gerammt?"

Ich schweige bedeutungsvoll, verzieh das Gesicht vor Schmerz, der meinen ganzen Körper durchdringt, und denke: „Es ist gut, dass er meine Leber nicht sieht."

„Sei stark, Gringo." Der Ureinwohner sympathisiert mit mir.

„Ich bin kein Gringo." Aus irgendeinem Grund widerspreche ich ihm.

„Und wir haben alle deins – Gringo."

„Eh, wenn du meine Nationalität wüsstest!", blitzt es mir durch den Kopf.

„Was dann?", fragt er unerwartet, als hätte er meine Gedanken gelesen. „Was, denken Sie, würde Ihnen den Orden der Ehrenlegion oder den Helden der Sozialisten geben? Labour stürzte in den prominentesten Platz?" Und er tritt sich in den Hintern und gibt mit diesem Ort an. Staub wirbelt auf wie ein vorbeifahrendes Auto, das eine Dorfstraße überquert.

„Verwöhnen ist alles, Verwöhnen, Husten, Keuchen", beginnt der Fremde mir aus irgendeinem Grund zu erklären. „Wir haben nur eine Brücke. Du wirst dieselbe Straße entlang gehen und direkt zu ihm gehen", und er fügt hinzu: „Sei stark, Franzose, sei stark!"

„Sholom", verabschiede ich mich von ihm.

„Sholom", er wedelt mit der Hand, ohne sich umzudrehen.

***

Warum habe ich nicht auf sie gehört, mein Sternenmädchen, das ich so lange gesucht hatte, für das ich so viele Kilometer auf meinen noch nicht ganz kräftigen Beinen gefahren bin?

Warum nehme ich es nicht direkt? Aber alles ist in Ordnung.

Ich habe sie gefunden. Gefunden!

Und mich selbst verloren.

Ich suchte sie, rächte mich an ihr, wartete auf den Moment, in dem ich sie sehen und sie von der Scheiße um sie herum befreien und in eine reine, zarte Seele eintauchen konnte. Und sich schließlich wie ein Mensch zu fühlen, vielleicht sogar wie ein richtiger Mensch, der nach den Gesetzen der Sonne und des Windes lebt, nach den Gesetzen, die die Vorsehung mit einem umfassenden Namen – Gott – eingeschrieben hat.

Ich dachte, dass der Sinn des Lebens unbesiegbar und in seiner Richtigkeit unbestreitbar ist.

Sie hat mich nicht einmal erkannt!

Und als ich es erfuhr, hatten diejenigen, die sie selbst zu uns rief, um mich näher kennenzulernen, keine gewichtigeren Argumente als starke Stirnen und stählerne Fäuste.

Schade natürlich, schade. Nein, du verstehst mich richtig. Natürlich ist es eine Schande, dass sie mich auf ihr Betreiben mit irgendetwas schlagen, wie einem schrecklich dreckigen Teppich. Schade, aber nicht so wichtig. Jeder braucht Sauberkeit. Eine andere Sache ist wichtig – dass ich die frühere Seele in ihr nicht gefunden habe. Überhaupt keine! Schaute hinein … und war verblüfft. Leere. Oder besser gesagt, es gibt einen Ort, wo es sein sollte, und es ist Leere darin. Das ist so ein Wortspiel. Hat ihre Seele geätzt, bevor sie sie in eine Puppe verwandelt haben. Und meine ganze Odyssee auf dieser Erde wurde zum Varieté.

Liebe! Warum schließt du die Türen zuletzt?

Ehrlich gesagt hatte ich nicht vor, zur Brücke zu gehen. Warum brauche ich diese Brücke? Aber meine Füße brachten mich zu ihm. Das Bauwerk erschien vor mir in seiner ganzen ursprünglichen Schönheit. Das achte Weltwunder! Alles in Schlaglöchern und Schlaglöchern, in Eile zusammengeklopft und das letzte Mal vor der Entdeckung Amerikas durch Kolumbus neu dekoriert. Das Datum der Fertigstellung der Brücke stand auf einer Holzplatte, die mit einem rostigen Nagel an das Geländer genagelt war: 1999.

Und ich bin draufgetreten. Unter mir öffnete sein riesiges Maul, umrahmt von einer steinernen Umrandung, einen bodenlosen Abgrund. Aus ihrem düsteren Schoß war atemberaubend. Ich wandte mich von ihrem hypnotisierenden Blick ab. Und unerwartet für ihn stolperte er über den Blick von Larisa, die in der Nähe stand, streckte ihre Hand aus – Sie werden sie berühren, und knirschte einen Waffelbecher mit Eis, indem er ihn ordentlich von verschiedenen Seiten biss.

„Hi", sagte sie, als wäre nichts passiert.

„Hallo", antwortete ich.

Das Mädchen war wieder barfuß. Schuhe standen, wie beim ersten Mal, etwas weiter entfernt. Jetzt ist es mir sofort aufgefallen.

„Haben deine Eltern kein Geld für Schuhe?" Ich wiederholte den ersten Satz unseres Bekannten.

„Was kannst du tun, steh auf", antwortete sie und deutete auf ihre von der Hitze geschwollenen Beine.

„In Kristallschuhen sind die Füße immer verkrampft."

Sie schwieg und fragte dann plötzlich, ob mir diese Berge gefallen würden?

„Stimmt es nicht, dass die heimischen Berge nicht so sind wie überall sonst? Die Form ist seltsam. Sie sind abgeflacht wie Eisen. Wahrheit?"

„Hier sind nicht nur Berge wie Eisen", antworte ich ihr und berühre vorsichtig eine der schmerzenden Narben in meinem Gesicht. „Hier werden die Menschen plattgedrückt wie Eisen."

„Komm schon", sagt sie zu mir. „Seien Sie nicht beleidigt: Für einen Geschlagenen geben sie zwei Ungeschlagene."

„Verraten ist nicht gut", sage ich.

„Warum suchst du mich so lange? Ich habe auf dich gewartet."

„Ich bin die ganze Zeit gegen den Strom geschwommen. Und wenn du gegen den Strom schwimmst, lacht dich die Zeit aus."

„Und es ist fast keine Kraft mehr da", fügt sie hinzu. „Allgemein."

„Lieutenant", sage ich ihr.

„Es war ein Leutnant, aber alle links. Ein General ist zur Insel gesegelt", und grüßt lachend stramm.

Wenn ich mir anschaue, wie sie das macht, denke ich: Wir leben, wir sind stolz auf unsere eigene Ehre oder die eines anderen. Wir bewundern, wir kämpfen für seine Reinheit, wir schützen ihn wie einen Augapfel, und der Preis dafür sind die üblichen Eskapaden unter dem Visier. Und sie lebt allein und wir allein. Und sie schämt sich nicht dafür, und wir haben etwas vorzuwerfen.

He, Ehre, wo ist dein Gewissen!

Ehre lächelt.

„Ich bin vor ihnen weggelaufen", erzählt mir Larisa.

„Warum?" Ich bin falsch überrascht.

„Nun, ich bin es einfach leid", entgegnet sie. „Und so traurig, traurig, als würde er um etwas Verbotenes bitten", fragt er. „Erzähl mir von Schnee."

„Über den Schnee?" Ich wundere mich.

„Aber bitte!"

„Okay", stimme ich zu. „Also, der Schnee", sage ich und fühle ihn, „er ist so weiß und üppig, wie ..." Ich bemerke eine kleine einsam schwebende Wolke über mir, zeige darauf und fahre fort: „wie diese Wolke, verloren durch groß Wolken."

„Mehr", fragt sie.

„Es ist frischer und kühler als Ihr Eis." Als ich bemerke, dass das Eis schmilzt und über ihre Finger fließt, warne ich Sie freundlich. „Schau, mach dich nicht schmutzig, sonst bist du wie ein Schwein."

Sie leckt schnell ihre Finger.

„Köstlich?" Ich bin interessiert.

Sie nickt bestätigend mit dem Kopf.

„Nun, Schnee ist süßer als jedes Eis", fahre ich fort.

„Ich spüre seinen Geschmack", sagt Larisa zu mir.

„Er bricht zusammen, wenn Sie ihn erwarten und warten Sie nicht ..." Ich lasse nicht nach. „Und ob Sie mit ihm zufrieden sind oder nicht, er wird trotzdem fallen."

„Aus jeder Höhe?"

„Mit jedem."

-Und keine Angst?

„Besorgt? Warum sollte er Angst haben? Er trägt nie Schmutz mit sich."

„Sie sind wegen mir gekommen", mein Freund zeigt auf die riesigen Stirnen, die mich gestern so zusammengeschlagen haben.

Sie näherten sich uns von der gegenüberliegenden Seite der Brücke.

„Es ist Zeit und Ehre, es zu wissen", sage ich und nehme sie an der Hand, versuche mich mit ihr in eine unbekannte Richtung aufzulösen. Aber vergeblich. Auf der anderen Seite wartet die Polizei auf mich.

„Die Polizei ist für sie kein Dekret", warnt ihre leise Stimme, als hätte sie meine Gedanken gelesen. „Der Bruder meines Herrn ist Oberkommissar", fügt er schnell hinzu. „Na dann, auf Wiedersehen!"

Sie küsst meine Wange und verschwindet im Bauch des Abgrunds, wie eine verirrte Schneeflocke, die außerhalb der Saison vom Himmel fällt.

***

3:2

Also drei zu zwei. Ein verpasstes Tor ist gleichbedeutend mit einer Niederlage.

„P r r und v e t t you b be from int ter ..." –, der Oberkommissar spricht mich an, wie ich es verstehe, und lädt mit einem Blick in den Abgrund ein: „P-p-r-r- s-g-gat b-b-b ...", es tut es nicht wieder mit Endungen arbeiten.

„... wirst?" Ich helfe ihm und schüttele den Kopf.

„Warum?", fragt er sich.

Aber wirklich, warum?

„Flügel sind nicht gewachsen."

„N-n-e v-v-s-r-wuchs und o-b-b-lo-m-m-ali v-v-o-v-v-r-Zeit. B-b-b ...

- ... du wirst."

„Genau, das wirst du", er nimmt meine Hilfe an und fährt fort: „x-x-x-a-m-m-it, und n-n-o-g-gi o-b-b-l-o-m-m-em."

„T-t-t-genau", bestätigt einer seiner Assistenten.

„Was, sind das alles Stotterer", denke ich, „oder steckt hier eine besondere Form der Schmeichelei dahinter?"

150

„Komm zuerst", schlage ich dem Kommissar vor. „Sag hallo zu mir."

„Von –t Und -n – n-t-t-e-rr ..."

„Aus dem Internet" –, hätze ich. Also aus dem Internet. Ich nehme an. Und ich bekomme einen Schlag in die Magengrube.

„Interpol." Der Chef der örtlichen Polizei hört auf zu stottern und spricht plötzlich ganz deutlich. „Warum hast du das Mädchen getötet? Nicht genug andere Leichen für dich? Ihre Fingerabdrücke folgen Ihnen um die ganze Welt."

„Sie gehen nicht mehr", antworte ich ihm. Das Treffen fand auf der Brücke statt.

„Ich habe sie von der Brücke gestoßen, wir haben gesehen", sagt einer der „Eisen", der sich uns näherte. „Zuerst verdrehte er seine Hände und schob ihn dann weg."

„Hier, und die Zeugen wurden gefunden." Der Kommissar platzt vor Freude.

„Oh, Leute, Leute", sage ich ihnen, während ich den verfaulten Geruch ihrer Seele spüre, „warum stinkt ihr so sehr?" Und schwingend fange ich an, wahllos mit den Fäusten auf alles zu schlagen, was sich bewegt und was mir unter den Arm fällt. Nur eine Art Blockbuster, der zur Belustigung eines Allesfresser-Zuschauers veröffentlicht wurde. Zuschauer, die sich auf beiden Seiten der Brücke drängen, rufen einigen von uns zu: „Bravo!", „Zugabe!", applaudieren jemandem, schimpfen mit jemandem. Und ich schwinge und schwinge immer noch meine Schwerter wie in einem Traum, und ich falle in etwas Lockeres und Widerhallendes, sehe nicht die Gesichter meiner Gegner, sondern höre, wie ihre Seelen schreien. Und ich fühle mich dadurch besser.

Sie ließen Teddy auf den Boden fallen, rissen Teddy Pfote ab ...

Und – Dunkelheit.

***

Nun, das ist alles. Zuschauer verlassen das Stadion. Dreier auf der Anzeigetafel, wie Punkte fürs Leben:
3:3
Unentschieden.
Es ist also nicht deins. Es ist also nicht unseres.
Allgemeiner Seelenfrieden, plus eine Tüte voller Hoffnungen und fauler Kirschen.

***

Der Name des Wachmanns ist Fidel, aber er hat auch einen anderen Namen – Chuk, aber er reagiert wie ein riesiger Hund auf ihn.

„Hey, du", sagt Chuk zu mir und geht nach Hause. „Du bist ein verdammter Puppenspieler. Du ziehst die Fäden deiner Schutzzauber schlecht und bist empört." „Nun, du solltest mitspielen. Würde mitspielen, eine Packung normale Zigaretten besorgen. Wir alle sammeln unsere Ehrlichkeit wie Luftkondome. Und dann tragen sie uns an Fäden und warten darauf, dass wir platzen."

„Spiel mit, spiel mit!" „Das gefällt mir alles nicht", protestiere ich. „Ich bin nicht der Allmächtige, der mitspielt."

„Und warum sollte der Allmächtige mitspielen?" Chuk spuckt. „Er raucht nicht!"

„Was, wenn du rauchst?" Ich necke seine Seele eines wahren Katholiken.

„Aber, aber, aber", flammt die gläubige Seele auf und der Wächter bekreuzigt sich ernstlich.

Das Spiel ist vorbei und ich sammle Schach.

„Okay, halt die Klappe", versöhnt er sich mit mir.

Denn morgen wird es wieder Tag und es gibt wieder Sonne. Also wird wieder jemand einen holprigen Ball auf ein gepflügtes Feld werfen. Spielen, aus Spaß spielen, blaue Flecken und Verletzungen nicht bemerken, nicht auf den Rat eines Trainers hören, der so weit weg ist, als hätte er dich schon vor langer, langer Zeit aus den Augen verloren, und hoffen, dass die Bälle dich so gekonnt schlagen ins Kreuz fahren, nicht am eigenen Tor einfliegen.

„Sei sanft."

„Werde ich", führe ich das Gespräch fort.

„Aber so, dass man nicht übertreibt", sagt Chuk, „damit alles fair erscheint, aber so war, wie es sein sollte."

„Der Dummkopf weiß, wann er aufhören muss."

„Worin?"

„In allem!" schneidet die Enden des Gesprächs wie Festmacher ab, der Graf von Monte Cristo, das heißt ich, vertiefe mich in mich selbst und denke: „Messen, messen, was weiß ich über dich? Und kenne ich ein anderes Maß als das Maß eines facettierten Glases?"

„Es ist gut, dass Sie eine lebenslange Haftstrafe gelötet haben", verabschiedet sich von mir, meinem einzigen Gesprächspartner. „Keine Sorge, ich trinke zu Hause ein Glas Kaktus-Tinktur für Sie, damit Sie bequemer sitzen ..."

„Und es stand", ergänzte ich ihn.

„Si, si, si", wiederholt er das Knarren der Tür, die eine so große, unermüdliche und jetzt unzugängliche Welt vor mir schließt.

„Sei sanft zu deiner Frau." Ich verabschiede mich von ihm und setze mich auf die Koje. Das Geräusch von Chucks Schritten verschwindet mit ihm.

Der Sonnenschein beginnt. Mein Vogelhäuschen wendet sich der heißen Sonne zu, was bedeutet, dass ich mit ihm. Das bedeutet, dass mir der Schweiß wieder über Stirn und Schläfen läuft, mir heimtückisch in die Augen steigt und meine unrasierten Bartstoppeln kratzt. Ein weiterer Tag der gescheiterten Auferstehung begrüßt mich mit seiner Gegenwart.

„Weiter so, Camarados", sagt er mir.

„Aber Passaran!" Aus irgendeinem Grund antworte ich ihm, werfe meine Hand nach vorne, wie in einer von allen verfluchten Geste, und schließe meine Augen.

***

Schneeflocken, weiß, groß, flauschig, brechen über meinem
Kopf zusammen. Ich biete ihnen mein Gesicht an und bitte sie:
Na, streichle mich!
Nun, streichle mich
verrückt!

DUMMKÖPFE

Sie saßen am Feuer, in den wilden Rosenbüschen am Flussufer.

„Es ist stachelig, Infektion", sagte der breitschultrige Mann, kratzte sich mit seinen fünf Fingern an seiner behaarten Brust und fügte durch die Zähne hinzu, während er eine Kupferplatte in seinen Mund klemmte: „Warum haben sie so viele Stacheln?"

„Es gibt keine Rosen ohne Dornen", bemerkte der Struppige friedlich und warf trockene Zweige eines Busches in ein ordentlich loderndes Feuer.

„Ich will auch Rosen", ließ der breitschultrige Mann nicht locker. „Hagebutte, wie Wildrose, mit einem Wort, ein Dorn, ein Dreck, den man überall hintreiben kann, auch wenn man keine besondere Lust darauf hat."

Der Kessel mit der Kulesh gurgelte widerstrebend, als hätten sich zwei helle Vögel am Abend trauernd gefangen und fast ungeschnitten in die Kulesh geworfen.

„Nun, warum brauchen sie Stacheln?", fragte der breitschultrige Mann einen Unbekannten. „Rosen, ich verstehe, sie sind für die Schönheit da. Und was ist mit den Stacheln? In einer Ladung?"

„Beruhige dich", der struppige Mann drückte den breitschultrigen Mann sanft in den Rücken. „Genug, sonst wecken Sie einen Philosophen auf, aber im Gegensatz zu Demosthenes, der mit einem Mund voller Seekiesel Beredsamkeit praktizierte, tun Sie dies weniger erfolgreich mit einem Stück unschuldigem Metall."

Breitschultrig nahm er einen Teller aus dem Mund und befestigte ihn an der Schnalle eines alten Ledergürtels.

„Und wie?", fragte er seinen Freund. „Alles tip-top?"

„Das reicht", antwortete er und warf einen aufmerksamen Blick auf den Bullen.

„Wenn es morgen früh neblig ist, dann ist die Arbeit schon halb erledigt", sagte der Struppige und rückte seinen Filzhut zurecht, der mit vielen Löchern in der Krempe auf die Seite gefallen war, als würde ihn eine Motte quälen.

„Gott bewahre", stimmte ihm der breitschultrige Mann zu und fügte mit einem Zungenschnalzen hinzu. „Eh, ich würde sie alle nehmen, ich mochte sie so sehr. Hat mir einfach verdammt gut gefallen", seufzte er bedauernd. „Als ich sie zum ersten Mal sah, setzte mein Herz einen Schlag aus." Er berührte seine Brust mit der Handfläche und prüfte für alle Fälle, ob sein Motor noch an Ort und Stelle war.

„Ja, in diesem Fall ist die Rasse offensichtlich", stimmte ihm der Struppige zu. „Sie können arabisches Blut sagen, aber", er schnitt mit der Hand die Luft ab, „aber wir nehmen nur das, was wir umrissen haben."

„Schade, schade, schade", stimmte ihm der Breitschultrige widerstrebend zu und begann mit Blick auf die Funken des Feuers die Melodie eines längst vergessenen Liedes zu pfeifen:

„Mare, mare, that's what the Bay ruft dich an.

Stute, Stute, ich bin wegen dir gekommen."

Gott gab. Der Nebel, der sich zunächst in einem Klumpen am Flussufer angesammelt hatte, richtete plötzlich seine Schultern auf und breitete sich, die ihn haltenden Fesseln sprengend, über das gesamte Viertel aus.

„Wir nähern uns von der Leeseite", befahl der struppige Breitschulter.

„Unterrichten Sie keinen Wissenschaftler", erwiderte er empfindlich.

Sie schlichen leise zu dem geschätzten Ort.

„Nun, hier sind meine Schönheiten, alles ist wie auf einer Auswahl." Die breitschultrigen Augen funkelten vor Freude.

„Unser Zweiter von links", ernüchterte ihn der Struppige.

„Die Zweite, dann die Zweite", nahm der breitschultrige Mann brav den Befehl entgegen.

Beauty stand auf einer kleinen, mit Gras bewachsenen Lichtung. Stolz, ohne jemanden zu bemerken, stellte sie ihren Artikel zur Schau, als würde sie von einem Gemälde eines berühmten Meisters auf die sündige Erde hinabsteigen.

„Mein Baby badet ihre Hufe in kaltem Tau", sagte die Breitschultrige und bewunderte die Auserwählte.

„Die Wachen sind in der Scheune", brachte ihn der Struppige in die Realität zurück, und mit einem Blick auf seine Uhr sagte er nachdenklich: „Vierhundert Meter von uns zu ihnen." „Erinnerst du dich", er wandte sich an seinen Partner, „in wie vielen Sekunden läuft der olympische Rekordhalter seine vierhundert Meter?"

„Wir laufen schneller." Der Breitschultrige lächelte und hoffte auf viel Glück. Der Struppige antwortete ihm mit einem Lächeln um ein Lächeln.

„Vergiss das Zaumzeug nicht", erinnerte er sie, nur für den Fall. „Auf geht's!"

Alles wurde wie gewohnt erledigt – klar und professionell. Mit Muttermilch aufgesogene Fähigkeiten können nicht über Nacht verschwinden.

„Zaumzeug!", rief der Lockige. Breitschultrig zog er einen kupferfarbenen Stabilisator aus seiner Tasche und steckte ihn in die Öffnung des Codeschlüssels.

Die Rakete dröhnte und füllte die Lichtung mit weißen Dampfwolken.

Die Sirene heulte durchdringend. Die Leute rannten aus dem Hangar und rannten auf das wiederbelebte Metall zu. Spät. Fast lautlos schwebte die Rakete nach oben und richtete ihre Nase stolz auf das Universum.

„Tölpel", riefen die breitschultrigen unglücklichen Wächter freudig. „Hundert Hagebuttendornen im Arsch und gute Laune auf eine Tasse Kaffee. Treffen Sie mich im Sternbild der Hounds of the Dogs." Tapferkeit brach aus seiner Kehle:

„Ein Zigeuner hat nur ein Feld, Ein Zigeuner hat nur den Himmel, Ja, Brotkrümel zum Abendessen, Ja, Wasser und Leben in der Wildnis!"

AUF DER DATSCHA

„Meine Herren, wie beleidigend einfach das menschliche Wesen ist", sagte Alexander Petrowitsch, der Besitzer der Datscha, fröhlich und wiegte seinen runden Bauch in einem Schaukelstuhl. „Nehmen wir hier zum Beispiel den Begriff der Sünde." Er bekreuzigte sich, bevor er seinen Gedanken fortsetzte. „Einerseits ist die Sünde natürlich ein Vergehen oder ein Verbrechen, aber andererseits, wenn du auch nur beten kannst, vergib mir, der Teufel, warum dann Angst vor ihm haben?" Er wandte sich an den Professor, der an einem mit einem gestärkten Tischtuch bedeckten Tisch saß und Tee aus einer Porzellanuntertasse trank.

„Das Leben ist ein Kompromiss", griff Olga Leonardovna ein, „was bedeutet, dass Sie mit Gott übereinstimmen können."

„Ach, lass es", warf Alexander Petrovich und ließ seinen Blick träge von dem schweigenden Professor zu der luxuriösen Dame wandern, die neben ihm saß. Sie können nicht zustimmen, aber Sie können zustimmen. „Allerdings", fügte er spöttisch hinzu, „sollten Sie als Materialist es besser wissen."

„Was denken Sie, Vikenty Valeryanovich?" Olga Leonardovna erkundigte sich lebhaft bei einem in ganz St. Petersburg bekannten Professor. „Wer von uns hat Recht?"

„Ja, antworte uns etwas, gib dich nicht mit solchem Eifer der Völlerei hin. Tun Sie mir einen Gefallen." Alexander Petrovich unternahm einen neuen Versuch, seinen stillen Gast zu sprechen.

Der Professor stellte die Tasse auf den Tisch und runzelte die Stirn. „Gottes Gott, Caesars Caesars." Danach begann er wieder methodisch zu kauen.

„Wir haben ein interessantes Dreieck gebildet", lächelte der Besitzer der Datscha. „Ein Materialist, ein Vielfraß und ein Anhänger des wahren Glaubens." Alexander Petrovich bekreuzigte sich erneut.

„Als Sie Materialist sagten, meinten Sie wahrscheinlich einen Juden?" sagte er, unerwartet in das Gespräch einsteigend, der Professor. „Aber ich sehe Olga Leonardovna ständig in der Kirche. Was mich betrifft, aber hier hast du vollkommen Recht: Ich liebe es zu essen und mache keine Tragödie daraus."

„Aber Völlerei ist eine Sünde!"

„Ich werde bitten, wie Sie zu Beginn Ihrer Predigt gesagt haben. Im Moment werde ich nur ein wenig von diesem hübschen Kuchen probieren", sagte Vikenty Valeryanovich und betrachtete lustvoll den rötlichen Blaubeerkuchen, „und ich werde sofort betteln."

„Was für ein Langweiler", sagte Olga Leonardovna kapriziös. „Was sind Sie langweilige Leute, meine Herren."

„Bitte, auf einer Tournee." Alexander Petrovich verließ seinen Wiegestuhl und ging auf die Dame zu und lud sie ein, nach allen Regeln guter Manieren zu tanzen.

„Und die Musik?"

„Musik? Bitte." Alexander Petrowitsch fing an, eine kaum erratene Walzermelodie zu pfeifen.

Olga Leonardovna erhob sich mühelos, strich die Falten ihres Kleides glatt und wandte sich, ihrem Herrn die Hände entgegenstreckend, dem Professor zu, der das Essen fortsetzte. „Nun, hilf mir."

Der Professor nickte zustimmend mit dem Kopf und begann, den Rhythmus zu klopfen, indem er mit einem silbernen Löffel auf die Porzellanuntertasse schlug. „Eins, zwei, drei, eins, zwei, drei, eins, zwei, drei", sagte er im Takt und blickte durch seinen halb gesenkten Kneifer auf das tanzende Paar.

„Nun, komm zu uns", rief nach einer Weile Olga Leonardovna den Professor an, „sei keine Buche."

Vikenty Valeryanovich stand gehorsam auf und näherte sich ihnen. Die Dame legte ihren Kavalier sofort beiseite und legte, sich zum Professor wendend, ihre fliederfarbenen Hände auf seine Schultern.

„Ich werde gehen und etwas beißen", murmelte Alexander Petrovich mit schlecht verstecktem Groll in seiner Stimme.

„Entschuldigung", Olga Leonardovna war empört, „aber was ist mit der Musik? Fühlen Sie sich frei, weiter zu begleiten. Aber", fügte sie sofort hinzu „wir brauchen dich überhaupt nicht, ich kann es selbst." Und sie begann mit tiefer, aufregender Stimme die Melodie eines Volksromans zu summen.

„Bravo, bravo", Alexander Petrovich klatschte bewundernd in die Hände, „Olga Leonardovna, du bist reizend!"

„Ja, geh endlich weg", unterbrach Olga Leonardovna ihre Vokalisierung. „Stören Sie uns nicht." Und sie trug den Professor prompt in einem Walzerwirbelwind davon.

„Professor", fragte sie, während sie nach der Tanz- und Gesangsimprovisation in einer Hängematte schaukelte, „ist es wahr, dass Sie sich mit der Zeit beschäftigen, oder vielmehr mit Zeitreisen?"

„Die wahre Wahrheit", Vikenty Valeryanovich nickte zustimmend.

„Der Professor bewegt die Zeit", der Besitzer der Datscha griff ein, „drückte sie zusammen und begradigte sie wie eine Feder. Genauso wie du deine entzückende Nase rümpfst, wenn du willst, Entschuldigung, niesen."

„Nein", widersprach Vikenty Valeryanovich, „Sie irren sich hier. Die Zeit lässt sich nicht verschieben. Eine andere Sache – sich rechtzeitig zu bewegen. Es ist ziemlich machbar."

„Beweg mich, ich will Julius Cäsar sehen", rief Olga Leonardovna aufgeregt.

„Leiden Sie zufällig an Migräne?", erinnerte sich der Anhänger des wahren Glaubens. „Nach wissenschaftlichen Erkenntnissen sind Experimente mit der Zeit für Menschen, die an dieser Krankheit leiden, strengstens verboten."

„Nein", unterbrach ihn Olga Leonardovna scharf, „ich leide nicht."

„Dann", Alexander Petrovich ließ nicht nach, „sei freundlich, lieber Vikenty Valeryanovich, erfülle sofort den Wunsch der Dame, wie es sich für einen Ritter gehört."

„Und sagen Sie mir", Olga Leonardovna zog ungeduldig am Ärmel des Professors, „ist es wahr, dass Ihre Arbeit auf Pawlows Experimenten und Marconis wissenschaftlicher Forschung basiert?"

„Nun, meine Liebe", der Professor lächelte, „meine Entwicklungen sind viel einfacher. Es basiert auf den grenzenlosen Möglichkeiten der Erinnerung." Vikenty Valeryanovich lehnte sich in seinem Stuhl zurück und blinzelte.

„Für jedes Ereignis", begann er, „gibt es einen stummen Zeugen, der einen Moment für immer festhalten kann. Ein Ereignis findet bekanntlich nicht nur zeitlich, sondern auch räumlich statt. Und das bedeutet, dass der Bereich in der Summe aller Details, zum Beispiel ein Stein, ein Baum, ein Bach, das Geschehen erfasst, obwohl niemand darauf achtet. Aktiviert man in gewisser Weise das Raumgedächtnis, kann man das vergangene Ereignis bis ins kleinste Detail wiederherstellen, und wenn man zusätzlich eine Collage verwendet, wie auf einem Foto, kann man sich in dieses Ereignis hineinversetzen."

„Gott, wie interessant!" Olga Leonardovna warf die Hände hoch. „Ist es wirklich möglich, sich auf diese Weise in die Zukunft zu bewegen?"

„Nein", widersprach der Professor, „leider ist es unmöglich. Die Zukunft hat kein Gedächtnis, also existiert sie nicht. Und wenn Ihnen, liebe Olga Leonardovna, eine Wahrsagerin verspricht, Ihre Zukunft zu enthüllen, glauben Sie ihr nicht, sie lügt."

„Dann möchte ich in die Vergangenheit gehen, ich möchte zu Hercules gehen", Olga Leonardovna faltete gebeterfüllt ihre Hände.

„Helfen Sie der Dame, sie will Herkules", erinnerte der Besitzer der Datscha an seine gekränkte Anwesenheit.

„Leider ist es nicht so einfach, liebe Olga Leonardovna. Für solche Experimente braucht man, wie man so schön sagt, etwas Vorbereitung."Der Professor ging wieder auf die Knie.

„Ah", Olga Leonardovna gedehnt enttäuscht, „aber ich dachte. Du machst nur Witze."

„Überhaupt nicht", sagte der Professor und lachte plötzlich. „Sehen Sie, ich bin vor Ihnen."

„Willst du nicht sagen", begann der Besitzer der Datscha.

„Das stimmt", nickte der Professor.

Es gab eine peinliche Pause.

„Woher kommst du?", fragte Alexander Petrowitsch einschmeichelnd. „Oder besser gesagt, ab wann?"

„Das Neueste", antwortete der Professor vage.

„Du meinst unsere?", vermutete die Dame.

„Nein", der Professor schüttelte den Kopf, „nicht Ihren, sondern unseren."

„Na, wie ist das zu ‚Ihren' Zeiten?" Der Besitzer der Datscha dachte, dass sein Gast heute etwas verrückt war.

„Es ist sehr lang und anstrengend, darüber zu sprechen", sagte Vikenty Valeryanovich gähnend und begann entschuldigend wieder zu essen.

„Lang und anstrengend", ahmte Alexander Petrowitsch flüsternd den Professor nach, wandte sich der Dame zu und grinste: „Vielleicht gibt es in ‚seiner' Zeit große Probleme mit dem Essen? Sehen Sie, wie es stirbt!"

„Ja, nein", antwortete der Professor, der nicht an Taubheit litt, „wir haben genug von allem, aber leider gibt es keine reine, wirklich reine biologische Nahrung." Und er strich sich sanft die Krümel aus dem Bart.

Olga Leonardovna lachte laut auf. „Nun, Sie sind ein Witzbold, Vikenty Valeryanovich, Sie haben einfach nicht die Kraft."

„Könnten Sie uns mit Ihrer Bewegung überraschen?", fragte Alexander Petrowitsch. „Es ist trotzdem lustig."

„Ja, ja", meldete sich Olga Leonardovna.

„Nun." Der Professor holte eine Uhr an einer goldenen Kette aus seiner Weste, öffnete sie, drehte etwas, drückte auf einen Knopf und verschwand im nächsten Moment plötzlich.

Niemand sonst hat ihn in St. Petersburg gesehen, wie in der Tat Vasen mit königlicher Stachelbeermarmelade und die Reste eines Blaubeerkuchens vom Tisch in Alexander Petrovichs Datscha.

Speyer den 24.08.2022
Anatolj Anri Schwarz

DER AUTOR

Anri Schwarz ist 1951 in Charkiw (Charkow) geboren, einer großen Industriestadt in der Ukraine.

Nach dem Schulabschluss studierte er Elektroenergetik an der Polytechnischen Hochschule, danach arbeitete er in einem Forschungsinstitut. Seit 1992 lebt er in Deutschland in der schönen Stadt Speyer. Nach Abschluss der Ausbildung zum Physiotherapeuten arbeitete er in seinem gelernten Beruf.

Schwarz ist Autor der Bücher „Herz auf dem Altar" (Poesie, russisch, veröffentlicht in der Ukraine), „Traurige Liebesgeschichte" (Erzählungen, russisch, veröffentlicht in Russland) und „Ich bin hier!" (Poesie, ukrainisch, veröffentlicht in der Ukraine). Die Geschichte „Ramadur" sowie drei Gedichte wurden 2014 in der Anthologie „Neue Literatur" vom August von Goethe Literaturverlag publiziert.

„Falscher Spiegel" ist sein erstes Buch in deutscher Sprache.

DER VERLAG

VIND☿BONA
VERLAG SEIT 1946

ein Verlag mit Geschichte

Bereits seit 1946 steht der Vindobona Verlag im Dienst seiner Bücher und Autoren. Ursprünglich im Bereich periodisch erscheinender Journale tätig, präsentiert sich der Verlag heute als kompetenter Partner für Neuautoren am deutschen, österreichischen und schweizerischen Buchmarkt. Engagement, Verlässlichkeit und Sachverstand – das sind die Grundpfeiler, auf denen der Verlag seit jeher sicher steht.

Sie möchten mit Ihrem Werk das vielseitige Verlagsprogramm bereichern? Der Vindobona Verlag garantiert Ihnen eine professionelle Prüfung Ihres Manuskriptes durch das Lektorat sowie eine zeitnahe Rückmeldung.

Genauere Informationen zum Verlag
finden Sie im Internet unter:

www.vindobonaverlag.com